Karen-Susan Fessel, Heuchelmund

Karen-Susan Fessel

HEUCHELMUND

Erotische Erzählungen
mit Fotografien von Gabriele-Maria Scheda

konkursbuch Verlag

Karen-Susan Fessel, * 1964 in Lübeck geboren, Schriftstellerin und freie Journalistin in Berlin. Ihr erster Roman *Und abends mit Beleuchtung* erschien 1994.

Die Deutsche Bibliothek – CIP-Einheitsaufnahme
Fessel, Karen-Susan:
Heuchelmund: Erotische Erzählungen / Karen-Susan Fessel. - Tübingen:
Konkursbuchverl. Gehrke, 1996
ISBN 3-88769-094-X

Impressum

PF 1621 - 72006 Tübingen - Tel. 07071/66551 - Fax 63539
Gesamtherstellung: Typo-Druck-Roßdorf GmbH

Inhalt

Für M.
von T.

Meine ganz spezielle Granate

Eigentlich ist es komisch. Ich meine, es war ja gar nicht so, daß ich bis dahin nur wenig Erfahrungen gehabt oder monatelang auf dem trockenen gesessen hätte – nein, ganz im Gegenteil; ich hatte immer ein reges Liebesleben, eigentlich hatte ich immer jemanden gehabt, zumindest fürs Bett – aber sie, sie schlug in meine – so kommt es mir mittlerweile vor – gediegene Sexualität ein wie eine Granate. Wie eine schwarzgelockte Granate mit grünen Augen und irre langen Beinen. Und danach mühte ich mich ab, wenigstens einen Splitter oder einzelne Teile zu finden, aber als der Rauch sich verzogen hatte, war da nur ein Trümmerfeld, alles lag durcheinander und kreuz und quer, aber von ihr – keine Spur. Sie war mit dem Rauch verflogen, und mir blieb nichts als die befremdliche und doch, ich gebe es zu, sehr interessante Aufgabe, die Einzelteile meines Innenlebens wieder zusammenzusuchen und, so gut es ging, wieder zusammenzusetzen. Es ist mir nicht besonders gut gelungen; ich glaube, manches habe ich fehlerhaft zusammengesetzt, die einzelnen Teile rucken und scharren aneinander, und ich fühle mich manchmal steif und hölzern. Manchmal denke ich, ich kann hören, wie es in mir knarrt. Vielleicht habe ich unversehens einen Granatsplitter dazwischengeschoben. – Naja, sie würde mir immer ein Fremdkörper sein. Aber das ist kein Trost. Zuweilen wünsche ich mir, es käme noch eine Granate geflogen, die alles sprengt, und ich hätte die Chance, mich noch einmal neu zu konstruieren. Aber im Grunde kann man froh sein, wenn man nur einmal von einer Granate getroffen wird. Kann sein, ein zweites Mal würde ich nicht überstehen. Und außerdem – wenn, dann müßte es schon diese spezielle Granate sein. Sie.

Kann eine Granate überhaupt zweimal explodieren?

Ich habe keine Ahnung. Aber ich träume davon. Das tue ich einfach, okay?

Staksch war gerade dabei, mir den Bebauungsplan des Kommunikationszentrums Guben-Ost zu erläutern – seine dicklichen Finger flogen flink über die auf dem weißen Plastiktisch ausgebreiteten Papiere und zogen Linien und Rahmen nach –, und ich wollte eben nur einen Schluck Kaffee aus der Tasse trinken, die der Kellner vor einer guten Viertelstunde gebracht hatte und die seitdem unbeachtet dastand – ich wollte eben nur einen Schluck Kaffee trinken, und während ich die Tasse hob, gönnte ich meinen überanstrengten Augen einen Erholungspause, ich sah über die von Touristen bevölkerten Tische des Kudammcafés hinweg, die Sonne schien mir aufs Gesicht, und ich spürte, wie sich die Falten auf meiner Stirn glätteten, ich wollte nur eben einen Schluck Kaffee trinken, und da sah ich sie.

Sie balancierte geschickt ein Tablett mit leeren Gläsern und Tassen zwischen den Gästen hindurch, und vielleicht war es diese Leichtigkeit in ihren Bewegungen, die mich genauer hinsehen ließ. Ich sah ihr Profil, ich sah die hohe Stirn, über der widerspenstige schwarze Locken in die Höhe standen, ich sah tiefliegende Augen, selbst aus der Entfernung konnte ich die erstaunliche Länge der Wimpern erkennen, ich sah die kleine, leicht gerundete Nase mit den geweiteten Flügeln, ich sah den sinnlichen Mund und das energische Kinn, zuletzt sah ich die hübschen, wohlgeformten Ohren, und dann sah ich eine Weile nichts anderes mehr. Am Eingang zum Gastraum drehte sie sich halb um und ließ den Blick über die Gäste schweifen, und ihre Augen richteten sich auf mich. Es war nur ein Moment, und sie tat gar nichts Besonderes – weder lächelte sie, noch hob sie interessiert die Augenbrauen –, aber ich war wie elektrisiert. Irgend etwas an ihr, an ihrem Profil, an ihrem Gesicht, an ihrer Haltung, irgend etwas hatte eine unsichtbare, kaum zu ortende Lunte in mir gezündet, und diese Lunte brannte nun. Sie hatte mit einem solchen Knall, mit einer solchen Heftigkeit gezündet, daß mir der Kopf dröhnte. Ich blickte mich um, und in meinen Ohren rauschte es. Alles sah aus wie zuvor, der Verkehr floß ungebremst den Kudamm entlang, die Spaziergänger flanierten, die Touristen unterhielten sich und schauten neugierig umher, und die Sonne schien immer noch. Alles war wie zuvor, bloß ich nicht. In mir brannte es, und mir war heiß.

„Frau Koller?" Staksch hatte den Kopf schiefgelegt und sah mich mit einer Mischung aus Verwunderung und Bitten an. Ich betrachtete seine gefurchte Stirn, von der gerade ein Schweißtropfen auf seinen Hemdkragen fiel, und einen Moment fragte ich mich, wer er eigentlich war und was er hier tat. Dann fiel es mir wieder ein. Staksch war der leitende Stadtplaner der großen Gesellschaft, mit der das Architektenbüro, in dem ich arbeitete, eine Zusammenarbeit vereinbaren wollte. Und ich sollte die Verhandlungen zum Abschluß bringen. Aber plötzlich bedeutete mir das nichts mehr.

„Können wir weitermachen?" fragte Staksch behutsam. Er hielt seinen Aktenkoffer auf den Knien und tippte mit einem Kugelschreiber auf die Papiere, die er darauf ausgebreitet hatte, weil der Platz auf dem Tisch schon längst nicht mehr ausreichte. Ich beugte mich vor. Die Zahlen und Striche sahen für mich aus wie harmlose Kinderkritzeleien. Ich vermochte keinen Sinn mehr in ihnen zu entdecken. Während ich mir den Anschein gab, daß ich Stakschs Erklärungen zuhörte, sah ich immer wieder zur Eingangstür des Cafés hinüber. Wo blieb sie?

Staksch ordnete die Entwürfe und legte ein leeres Blatt vor mir auf den Tisch. Ich nahm einen Stift aus meiner Tasche, rief mich zur Ordnung und fing an, Notizen zu machen. Als ich aufschaute, war sie wieder da. Ich ließ den Stift sinken. Ihr Gang machte mich verrückt. Trotz des schweren Tabletts ging sie leichtfüßig und so anmutig, daß ich verfolgen konnte, wie die langen Oberschenkelmuskeln unter der engen, schwarzen Hose die Bewegung, die von der Ferse heraufrollte, übernahmen und sanft nach oben in die Hüften weitergaben, von wo aus die letzten Ausläufer die kleinen, festen Brüste unter dem engen Oberteil erzittern ließen und in den glatten Drehungen der geraden Schultern ausliefen. An einem der Tische hielt sie an, stellte das Tablett schwungvoll ab, beugte sich nach vorne und stützte sich mit den Ellenbogen auf der Tischfläche auf. Die unverhohlene Freizügigkeit, mit der sie ihre langen Beine auseinanderspreizte und den hübschen, festen Hintern herausstreckte, machte mich schwindlig. Ich war wie benommen von der lasziven Eleganz ihrer Bewegungen, und mit einem Gefühl plötzlicher Gier starrte ich auf die runden Pobacken, deren Anblick sich mir ungehindert darbot. Ich wünschte mir brennend, dicht dahinter zu stehen, sie mit beiden Händen zu umfassen und mich daran zu reiben. Der Schweiß brach mir aus.

„Frau Koller", sagte Staksch unruhig neben mir. „Sind Sie noch aufnahmebereit?"

Ich sah ihn an, und vor meinem inneren Auge verwandelte sich Stakschs irritierter Gesichtsausdruck in einen, der höchstes Verlangen signalisierte. Ich sah, wie Staksch sehnsüchtig den Mund öffnete, Schweißperlen liefen über seine Stirn und an den Falten entlang der Nasenwurzel herab, seine Nasenflügel weiteten sich, und ein tiefes, gieriges Hecheln röhrte aus seiner Kehle. Dann verschwand das Bild.

„Mir ist nur die Hitze ein wenig zu Kopf gestiegen", sagte ich und fing hysterisch an zu kichern. Staksch lächelte verständnislos.

Ich blieb noch lange sitzen, nachdem Staksch gegangen war, und starrte mit hungrigen Augen und einem brennenden Gefühl im Bauch auf die Tür, wo ich sie von Zeit zu Zeit auftauchen und wieder verschwinden sah. Einmal kam sie nahe an mir vorbei, nahe genug, daß ich ihren Bauchnabel sehen konnte, der sich wie ein sahniges Karamelbonbon, in das jemand seine Fingerspitze gedrückt hatte, im Zentrum ihres schlanken Körpers wiegte. Ich wünschte, es wäre meine Fingerspitze gewesen. Sie sah kein einziges Mal mehr zu mir her.

Ich schlief unruhig in dieser Nacht, ich dachte an sie. Mitten in meinem traumlosen Sehnsüchten schreckte ich hoch und fragte mich, was in mich gefahren war. Ich fand keine Antwort. Ich dachte an sie.

Am nächsten Tag ging ich in der Mittagspause nicht mit meinen Kollegen zum Essen. Stattdessen verharrte ich über eine Stunde auf meinem Stuhl am Rande des Straßencafés, knapp außer Reichweite des Sonnenschirms, schwitzend und so nervös, daß ich keinen Bissen herunterbekam. Sie war nicht da, aber als ich ging, kam sie mir entgegen, lässig stelzte sie auf ihren langen Beinen über den Bürgersteig und strich sich eine Fluse vom Schenkel. Ein Hauch ihres Parfums wehte mir nach, leicht, mild und bitter war es, aber abends im Bett, da wußte ich, es war kein Parfum gewesen. Es war ihr Geruch – leicht, mild und bitter.

Zwei Tage später war ich wieder da. Ich sah sie schon von weitem, wie sie das Tablett hoch über ihren Kopf hielt und konzentriert die Unterlippe vorgeschoben hatte. Ich überstieg einen Blumenkübel, um den erstbesten freien Platz zu ergattern, und setzte mich, um sie anzustarren. Irgendwann kam sie.

„Was soll's sein?"

„Ein Kaffee, bitte."

Statt einer Antwort nickte sie, und auf ihren hohen Wangenknochen zuckte es. Ihre Augen waren grün, seltsam grün:

dunkel, und doch leuchtend. Ich starrte auf ihren Hintern, als sie ging, und ich starrte auf ihren Rock, als sie zurückkam. Bei jedem Schritt zeichneten sich ihre langen, sehnigen Schenkel deutlich in dem engmaschigen Gewebe ab. Ich nahm all meinen Mut zusammen.

„Wie heißen Sie?“ Es war als Einleitung gedacht, aber sie schnitt mir die Verbindung ab. „Isabella. – Nein, schön wär's“, sagte sie, verzog höhnisch die Mundwinkel und drehte sich um. Mein Trinkgeld ließ sie liegen.

Die Zeit verging zu langsam, wenn ich sie nicht sah, und wenn ich sie sah, wenn ich an einem der Tische saß und sie mit wachsam-lauernden Blicken verfolgte, dann verging sie zu schnell. Ich bekam nicht genug, von nichts, ich schlief schlecht, und im Büro stellte ich falsche Koordinaten zusammen. Mein Herz pumpte schwerfällig und mühevoll zu dickes Blut durch seine Kammern, meine Adern arbeiteten schwer, um den Druck aufzufangen. Meine Kollegen fragten nicht mehr, ob ich mit zum Essen käme. Staksch verhandelte mittlerweile mit dem Juniorchef. Ich dachte an sie. Was war mit mir los?

Ich war nahe daran, an irgendwelche mystischen Erklärungen zu glauben, daß es so sein sollte, daß sie für mich eine Art Katharsis bedeutete, die ich brauchte, um das Leben mit anderen, neuen Augen zu sehen – aber im Grunde war mir klar, daß ich einfach scharf auf sie war. Scharf war ich. Ich wollte mit ihr *ficken*, und zwar mit ihr, mit niemand anderem. Ich wollte meine Hände um diese runden Hinterbacken pressen, ich wollte mein Gesicht zwischen diesen kleinen, festen Brüsten reiben, ich wollte spüren, wie sich diese langen Beine um meine Hüften schlangen, so fest, bis mir die Luft wegbleiben würde, und ich wollte ihren Atem in meinem Ohr, schnell, hart und heftig.

Sie sah mich nie an. Ich war sicher, daß sie mich bemerkt haben mußte, daß sie mein abwartendes Werben verstanden hatte, aber sie beachtete mich nicht. Wenn sie an meinen Tisch kam, war nie so etwas wie ein Wiedererkennen in ihrem Gesicht, kein Lächeln, kein Zeichen von Interesse. Sie nahm die Bestellung auf und brachte Getränke, und das war's. Mein Trinkgeld ließ sie immer noch liegen. Zweimal noch sprach ich sie an, und beide Male sah sie mich mit gerunzelter Stirn und herabgezogenen Mundwinkeln an und schnitt mir mit einer rotzigen Bemerkung das Wort ab.

Na gut, ich hatte verloren. Ich hatte es vorher gewußt. Die ganze Zeit hatte ich zugesehen, wie sie mit den Kerlen flirtete, wie sie sie reizte, ihren Arsch vorschob, wenn ihr einer von den besser Aussehenden ein Lächeln schenkte. Ich hatte verloren, ich hatte keine Chance, wahrscheinlich nie eine gehabt. Begehrte ich sie etwa, weil ich sie nicht bekommen würde?

Es war ein sehr heißer Nachmittag, als ich mich entschloß, damit aufzuhören. Ich hatte einen Kaffee getrunken und gerade einen zweiten bestellt, und ich sah ihr nach, wie sie sich mit leichten Schritten und wiegenden Hüften entfernte, als mir plötzlich aufging, daß ich mich in einen selbstzerstörerischen Wahn verstiegen hatte. Wenn ich mich nicht zusammenriß, war bald nichts mehr von mir übrig außer dieser Lunte, die immer noch unvermindert, aber, wie mir schien, mit einer quälenden Langsamkeit in mir abbrannte. Es war höchste Zeit, damit aufzuhören. Sollte die Zündschnur eben einfach so verlöschen. Ich hatte genug davon, auf die Explosion zu warten. Ich schnallte meine Aktentasche zu und sah auf die Uhr. Als ich wieder aufblickte, stand sie vor mir und stellte ein Glas mit einer hellbraunen Flüssigkeit darin vor mir ab. Mit schmalen Augen musterte sie mich.

„Ich hatte eigentlich einen Kaffee bestellt", sagte ich zögernd. Ihr Blick war mir nicht geheuer, es lag fast eine Bösartigkeit darin, eine Aggressivität, die mich schaudern machte. Sie verschränkte die Arme vor der Brust. „Das ist ein Abschiedsdrink", sagte sie leise und sehr deutlich. „Ein Abschiedsdrink, verstehst du?"

Die Röte schoß mir ins Gesicht. Ihre Augen blitzten, aber es war kein freundliches Blitzen. Sie sah zornig aus, verdeckt zwar, aber auf jeden Fall zornig. In meinem Unterleib zog sich etwas schmerzhaft zusammen und entkrampfte sich wieder.

„Verstehen wir uns?" fragte sie, leiser noch als zuvor. Einen Moment lang blieb sie stehen und sah auf mich herunter, die Sonne umkränzte ihren Kopf, schien durch ihre dichten Locken und warf kleine, gebrochene Lichtflecken auf mein Gesicht. Ich blinzelte. Sie ging.

Eine Weile verharrte ich unschlüssig. Ich wagte nicht, den

Kopf zu heben, aus Angst, die schadenfrohen Mienen der Umsitzenden zu erblicken, dann hob ich das Glas und stürzte den Whisky in einem Zug hinunter. Er zog eine feurige Senkrechte durch meinen Oberkörper. Ich nahm meine Tasche, erhob mich und ging auf den Ausgang zu, aber auf halben Wege drehte ich um. Ich wollte sie noch einmal sehen, noch einmal, zum Abschied.

Innen war es schattig und angenehm kühl. Die Toiletten lagen ganz hinten, und ich ging langsam darauf zu. Sie stand, in eine Unterhaltung mit dem Barkeeper vertieft, an der Theke, und ich schlenderte weiter, sah sie an und prägte mir ihre Gestalt ein, die Beine, die Hüften unter dem engen Rock, den schlanken Rücken, die Schultern, die anmutige Form ihres Nackens. Sie drehte sich halb um, noch ehe ich an ihr vorbei war, und der wilde Blick aus ihren Augen ging mir durch Mark und Bein. Ich zwang mich, wieder geradeaus zu sehen. Das war's, dachte ich. Von nun an ist es Vergangenheit. Der Gedanke war auf eine zärtliche Art erleichternd.

Die Schilder über den Toilettentüren leuchteten mir entgegen, und ich ging weiter darauf zu, verbissen um eine aufrechte Haltung bemüht. Die Aktentasche hing an meiner Hand wie eine lächerliche Abfalltüte, und ich umfaßte den Griff fester und straffte die Schultern. Die Herrentoilette kam zuerst, dann die Damentoilette, und dahinter lagen noch zwei, drei Türen, bevor der Gang einen Knick nach rechts nahm. Gerade, als ich an der Herrentoilette vorbeiging, kam ein junger Mann heraus, und ich wich ein wenig zur Seite, um ihm Platz zu machen. Dann war ich an der Damentoilette, und ich streckte aufatmend die Hand nach der Klinke aus, als ich schnelle Schritte hörte und im nächsten Moment jemanden dicht hinter mir spürte.

„Geh weiter." Ihr Atem kitzelte mein Ohr. Der Schreck machte mich taub. Ich zögerte.

„Los."

Mechanisch setzte ich mich in Bewegung, sie blieb dicht hinter mir, und ich spürte die Wärme, die von ihrem Körper ausging. Die gelbgestrichenen Wände der Gänge verschwammen in meinem Blickfeld, sie zogen an mir vorbei, dann bog ich um die Ecke, sie stieß mich leicht an, und ich ging weiter, bis ich vor der Tür am Ende des Ganges verharrte, mit steifem Nacken und unfähig, mich umzudrehen. Etwas klapperte in ihrer Hand, mit einem Schlüssel öffnete sie die Tür, schob mich hinein, und in dem kurzen Augenblick, in dem ein Lichtschein in den kleinen Raum hineinfiel, erkannte ich, daß es sich um einen Lagerraum handelte. Regale türmten sich an allen drei Wänden bis an die Decke, ich sah Flaschen, Geschirr, Tücher, und ihre Hand, die einen kleinen länglichen Gegenstand von einem Brett nahm, dann schloß sie die Tür hinter uns, augenblicklich wurde es dunkel, sie drehte den Schlüssel von innen herum, und wir waren allein, eingesperrt in diesem kleinen Raum, in dem es schwach nach Desinfektionsmitteln und süßlich nach Saft roch, und ich hörte nichts mehr als unser beider Atem, schnell und laut.

Ich weiß nicht, was ich dachte, ich glaube, ich dachte gar nichts. Ich fühlte mich seltsam, unwirklich, ich hatte nicht das Gefühl, als sei ich tatsächlich hier, hier in diesem kleinen Lagerraum, mit ihr. Ich tat nichts, außer dazustehen, die Aktentasche immer noch in der Hand, und abzuwarten. Und ich lauschte.

Nach einem Moment sprach sie. „Wo bist du?"

„Hier." Meine Stimme klang fest, erstaunlich fest, und ich merkte, daß ihr das gefiel. Ich merkte es an der Art, wie sie scharf den Atem einsog, bevor sie weitersprach.

„Siehst du mich?"

„Nein."

„Warum nicht?"

Ich wußte, daß sie etwas von mir hören wollte, aber ich wußte nicht, was. „Es ist dunkel."

Sie lachte auf, leise, und das Geräusch zischte durch die Schwärze wie ein Kugelblitz, der mich um Haaresbreite verfehlte. Ich zuckte zusammen, und auf einmal war ich froh, daß es dunkel war.

„Dann mach Licht." Ihre Stimme drang sanft zu mir herüber, sanft, und dennoch lag etwas darin, was mir ein unbehagliches Gefühl einflößte. Ich dachte an den länglichen Gegenstand, den sie vom Regal genommen hatte, und mir wurde mulmig zumute. Etwas kitzelte mich im Nacken, ein Hauch von Angst, von verlockender Gefahr.

„Wie denn?" fragte ich, und meine Stimme klang auf einmal ganz und gar nicht mehr fest.

Sie lachte wieder auf, und dann raschelte etwas, dicht vor mir, ich hörte, wie Stoff an Stoff und Stoff an Haut rieb, und dazwischen ein leises Klappern, und instinktiv nahm ich die Aktentasche in beide Hände. Ich hatte das Gefühl, daß meine Ohren um das Doppelte ihres Umfanges in die Höhe wuchsen, aber auch das half mir nichts, schützte mich nicht vor dem Schrecken, der mich im nächsten Moment durchfuhr, als ich ihre Stimme nahe von der Seite hörte: „Entspann dich."

So paradox es war, aber ich gehorchte ihr unmittelbar. Plötzlich spürte ich, wie sehr sich meine Muskeln verhärtet hatten, wie angespannt meine Haltung war, ich spürte, wie sich meine Finger um den Taschengriff verkrampft hatten, so sehr, daß mir die Knöchel schmerzten, und ich ließ locker. Ein Gefühl der Angst überkam mich, aber zugleich war ich auch neugierig und erwartungsvoll. Sie hatte uns eingesperrt, und hier stand ich nun, und warum eigentlich, warum hätte ich mich nicht fügen sollen? Warum sollte ich es nicht genießen, dieses Spiel, das sie mit mir trieb?

Ich beugte mich geräuschlos nach unten und stellte die Aktentasche ab. Ein Wind zog um mich, und ich folgte ihm mit meinen Sinnen, ich wußte, daß sie hinter mir war, noch bevor ich sie sprechen hörte: „Sieh mich an."

Ich drehte mich um, und dann sah ich sie. Besser gesagt, ich sah einen Teil von ihr, die Mitte zwischen ihren Brüsten, die, leicht zusammengepreßt von dem schwarzen Büstenhalter, sanft im schwachen Licht der Taschenlampe glänzte. Der Kegel fuhr weiter hinab, immer in der Mitte, mein Blick folgte ihm wie festgesogen: Weich schimmerte die zarte Haut ihres flachen Bauches mir entgegen, ich sah die Rippen, die sich, einmodelliert in ihren schmalen Oberkörper, im Rhythmus ihres Atems zu bewegen schienen, fasziniert folgte ich dem Anblick der flaumigen Härchen unter ihrem fein gerundeten Bauchnabel, der Lichtschein fiel auf die Wölbung in der Nabelung ihres Schrittes, verlockend kräuselten sich winzige Locken unter dem schwarzglänzenden Stoff, vorsichtig öffneten sich ihre Beine ein Stückchen, als der Lichtstrahl dazwischen und dann weiter herunterfuhr, und bevor er verlöschte, sah ich eine Andeutung von heller Haut, schwarzen Strumpfhaltern und dunklem Netz.

Ich atmete tief ein, und mir war so heiß, so sehr heiß, mein Magen zog sich zusammen, mein Magen, und dann mein ganzer Unterleib, es brannte da unten, in mir brannte es, es war heiß, ich begehrte sie, unwillkürlich streckte ich meine Hände vor, ihr entgegen, wollte sie fassen, da wurde es hell. Ein Lichtstrahl blendete mich, sie leuchtete mir direkt ins Gesicht, und reflexartig preßte ich die Augen zusammen.

„Sieh mich an", befahl sie. Einen Moment widerstand ich, rot leuchtete das Licht hinter meinen Lidern, ich spürte Gefahr, spürte, wie schutzlos ich war, wie nackt sie mich machte, dann gehorchte ich ihr und öffnete die Augen und sah in das Licht hinein, das Licht einer kleinen Taschenlampe, schwach nur, doch stark genug, um mich blind zu machen. In dieses Licht sah ich, sah nichts außer Grelle und Schwärze dahinter, und ich wußte, sie sah mich, und durch das Licht und die Schwärze hindurch sah ich sie an, ohne sie zu sehen. Wieder hörte ich nichts außer meinem Atem, schnell und abgehackt, und den ihren dazu, und die Dunkelheit um mich herum zog sich zusammen in einem Blitz, den ich ihr entgegenschleuderte.

Dann knipste sie das Licht aus, und ich hörte das Poltern, mit dem die Lampe zu Boden fiel. Ein Geruch, leicht, mild und bitter, stieg mir in die Nase, ihr Geruch, der ihren Körper umhüllte, aus ihm kam und sie doch bestrich mit windigen Fingern, mich lockend.

„Wo bist du?" fragte sie wieder, und ich antwortete leise.

„Hier."

„Und wo sind deine Hände?"

Ich griff nach ihr, aber sie war nicht mehr dort. Von der Seite wehte ihr Atem an mein Ohr, ich hörte sie lächeln, ihr Mund streifte meinen Nacken, eine Hand legte sich auf meinen Rücken, dann war sie an mir, preßte sich gegen mich, und meine Arme fuhren nach hinten und umfingen sie. Ihr Herz schlug an meinen Rücken, ihre Finger tasteten nach den Knöpfen an meinem Hemd. Sie war flink, und die Dunkelheit half ihr dabei. Während ich mich umdrehte, fiel mein Hemd schon zu Boden, mein Lippen fanden ihre Schulter, es mußte ihre Schulter sein, knochig und straff unter weicher Haut, ich küßte ihre Bräune und schmeckte den winzigen Duft von Schweiß, der sich in einem Tropfen hinter ihrem Ohr sammelte. Sie wandte den Kopf, und meine Hände griffen ins Leere, dann war sie neben mir, ihr Haar streifte meinen Arm, ich faßte nach und fühlte einen Hügel. Weich war er, hart in der Mitte, die Härte einer jungen, kräftigen Knospe, die sich unter meinen Fingern noch weiter versteifte, sie lachte, und ihre Finger rissen an meinem Gürtel, lösten ihn, zogen den Reißverschluß auf, zerrten weiter.

Ich schloß die Augen und öffnete sie, und es war kein Unterschied. Immer noch war es dunkel, stockdunkel, wie in tiefster Nacht, nur, daß es eine erregende Nacht war, eine Nacht wie ein Rausch, erfüllt von Hitze und geflüstertem Stöhnen und Fingern und Händen, die an mir zogen und zerrten, die Linie meiner Brüste nachfuhren, an mir entlangglitten wie tausend Zungen.

Ich spürte sie, ihr Körper formte sich aus dem Nichts, geballt und schwärend vor Hitze war sie neben mir, vor mir, kniete im Staub, ihre Hände glitten meinen nackten Bauch hinab und fuhren zwischen meine Schenkel. Ich griff in ihr Haar und zog sie zu mir herauf, und endlich, endlich hielt ich sie ganz umfaßt, drängte sie an mich, schob mein Bein zwischen ihre und krallte meine Hände in ihren straffen Po. Der Schweiß lief mir zwischen den Brüsten hinunter, vermischte sich mit ihrem, und ihr kehliges Lachen drang an mein Ohr. „Das wolltest du doch, nicht wahr?"

„Zu wenig", sagte ich. Ihre Kehle schmeckte süß zwischen meinen Lippen, ich saugte sie in mich hinein, ein gefährliches Kribbeln durchfuhr mich, zog mich, reizte mich, aber da war ihr Leben in meinem Mund, ihr Hals bog sich nach hinten, sie stöhnte, und die Haare in meinem Nacken sträubten sich, ich wollte zubeißen, etwas peitschte in mir, und dann waren da ihre Finger, rissen Striemen in meinen Rücken, machten mich schluchzen, leise nur, aber laut genug, um in mir widerzuhallen wie das Quietschen riesiger Bremsen, ein schrilles Kreischen, und etwas schlug in mir ein. Ihr Mund war weich und feucht, sie biß in meine Zunge, leckte mich, mein Ohr, meinen Hals, ein Ziehen in meiner Brust, ich spürte die Sehnen ihrer Arme unter meinen Fingern, das Keuchen in ihrer Brust, sie rieb sich an mir, ihre Strumpfhalter rieben Wundheit in meine Haut, und ich hielt sie verbissen und kämpfte mit ihr, zwang sie hinunter, in die Knie, griff ihre Schultern, drückte sie und lachte über ihr Weigern.

„Komm", bat sie, und dann war ich auf ihr und umklammerte sie, nichts mehr wollte ich, als sie zu besteigen, ganz auf ihr zu sein, sie unter mich zu zwingen. Meine Arme schoben sich unter ihren Rücken, sie bog sich mir entgegen, ihr Hügel fand meine Spalte, ihre Nässe schmierte mich, und sie stöhnte, heiser und hart, und ich stieß sie, rhythmisch und fest, wuchtig und federnd rollte ich auf ihr, ließ sie nicht los, sie zwängte sich an mich, ihre Beine um meine Hüften, weit, weit geöffnet lag sie unter mir. Ganz schlang sie sich um mich, ihre Nägel rissen Schrunden in meine Haut, naß waren ihre Finger, naß von Schweiß und von Blut, Rinnsale strömten von mir auf sie herab, sattes Schmatzen zwischen unseren Brüsten, sie rief mich.

„Komm zu mir, komm", rief sie mir entgegen und ich hielt sie, schlang eine Hand in ihren Nacken, naß schleuderte sie mir ihren Speichel entgegen, ihr Arsch unter meinen Stößen wurde hart, ganz hart bäumte sie sich auf, und dann schlug sie zu, fest schlug ihre Faust auf meine Knochen, jeder Schlag ließ mich keuchen, aber ich hielt sie nieder, hielt sie, und sie fing an zu schreien, leise erst, dann lauter. Ich stieß, und sie schlug mich und zerrte und steifte sich mir entgegen, keuchte auf, und von tief innen kam mir ein heißer Fluß, siedete hoch, wurde zu einem Strom, wirbelnd und grollend, ein Staudamm, barst, und schleuderte mich in Hitze auf sie herab und in sie hinein, und sie biß zu, biß in mein Kinn, und ihre Schreie erstickten in der Tiefe meiner Wunden.

Schwer atmend lag ich auf ihr und lauschte dem Rauschen in meinen Ohren nach. Ich fühlte mich seltsam taub, am ganzen Körper, und als das Gewicht in meine Hände zurückkehrte, faßte ich nach ihrem Gesicht und zog die Linie ihres Kinns nach. Feucht glitt mein Finger über ihre Haut, und als ich zu ihrem Mund kam, schnappte sie leicht zu und lutschte mich. Angestrengt, die Zähne fest zusammengebissen, starrte ich in die Dunkelheit, ihr Gesicht war da, direkt unter mir, aber ich sah nichts als Schwärze. In diesem Moment wollte ich sie sehen, ich wollte ihre tiefgrünen Augen sehen, ich wollte sehen, wie sie mich ansah, was in ihrem Blick lag. Natürlich, es war kein Traum, ich lag auf ihr und spürte ihren bebenden Körper, aber bereits jetzt, in den Sekunden danach, begann sich das Ganze in eine Art seltsamer Unwirklichkeit zu verziehen, doch wie ein Traum, und nur, weil ich sie nicht sah. Ich öffnete den Mund, um nach der Lampe zu fragen, aber sie kam mir zuvor.

„Steh auf", sagte sie kehlig.

„Ich will dich sehen. Mach Licht."

„Gerade hast du auch kein Licht gebraucht. Steh auf."

Ich spürte ihre Unwilligkeit, und sie jagte mir Furcht ein. Ich wollte sie nicht verärgern, nicht jetzt. Genauso direkt und freizügig, wie sie sich mir gerade eben noch hingegeben hatte, genauso direkt nahm sie mir nun wieder die Zügel aus der Hand, und ich ließ es geschehen. Zögernd, aber widerspruchslos löste ich mich von ihr und richtete mich auf. Meine Glieder schmerzten, und ich spürte die Kratzer auf meinem Rücken.

Sie schwieg, und an dem leisen Rascheln erkannte ich, daß sie sich wieder anzog. Ich hörte das schabende Knistern, mit dem sie sich in ihren engen Rock zwängte, und vor meinem inneren Auge sah ich sie; ich sah, wie ihre langen Finger den Saum faßten und geschickt über die weiche Haut ihrer Hüften zogen, ich sah die geschmeidigen Muskeln ihrer Oberschenkel, die sich unter dem dünnen Stoff bewegten, sah die anmutige Linie ihres Halses, den sie hinuntergeneigt hielt, horchend auf sich selbst. Ich sah alles in meiner Vorstellung, sah das, was ich gesehen hätte, wenn Licht gewesen wäre, und nie zuvor hatte ich dieses seltsame Gefühl empfunden, das in mir aufstieg, als mir bewußt wurde, wie nah beieinander Traum und Wirklichkeit in diesem Moment lagen, so nah, daß es kaum einen Unterschied mehr zwischen ihnen gab. Nur ein Lichtstrahl trennte das Bild von ihr, das ich heraufbeschwor, von dem Bild, das sie in Wahrheit bot, es war da, dieses Bild von ihr, direkt vor mir, dort in der Dunkelheit.

Sie schien genau zu wissen, wo ihre Kleidung lag, denn nach ein paar Sekunden, in denen ich am Boden verharrte und reglos in die Dunkelheit starrte, hörte ich, wie sie in ihre Schuhe schlüpfte und sich reckte.

„Geh bitte gleich", sagte sie, und ich hörte das Lächeln in ihrer Stimme, „ich muß weitermachen, und das kann ich nicht, wenn du da draußen herumsitzt und mich ansiehst."

Sie beugte sich zu mir herab, ihre Hände tasteten nach mir, und ich griff danach und fand sie mühelos. Sie strich mir übers Gesicht, und dann küßte sie mich weich, es war der erste weiche Kuß, den wir uns gaben, und mein Herz pochte schwer vor Zärtlichkeit.

Dann ließ sie mich los und ging vorsichtig zur Tür.

„Jetzt mache ich dir Licht", sagte sie, und ich hörte das Knirschen, mit dem sich der Schlüssel im Schloß drehte, das Knarren der Tür, jemand mußte das Licht im Gang ausgemacht haben, denn von draußen fiel kein Lichtschein herein, dann vernahm ich ein leises Klicken, und schließlich fiel die Tür ins Schloß. Einen Moment später hörte ich ein elektrisches Sirren, und plötzlich war der kleine Raum überflutet vom grellen und unbarmherzigen Licht einer Neonröhre.

Eine Weile blieb ich hocken und starrte auf die Tür, hinter der sie verschwunden war, ohne daß ich sie noch einmal gesehen hatte, dann blickte ich mich um. Auf dem staubigen Boden verstreut lagen meine Kleider, die Aktentasche war halb unter ein Regal gerutscht, und einer meiner Schuhe steckte mit der Spitze nach oben in einem leeren Bierkasten. Ich stand auf und zog mich langsam an, mir war kalt, und ich fröstelte, und mit zusammengekniffenen Augen musterte ich die Fläche auf dem Steinfußboden, auf der nur das Fehlen von Staub und feuchte Spuren davon kündeten, daß sich dort eben noch zwei Frauen wie besessen geliebt hatten. Ich glättete mein Hemd, so gut es ging, und wischte mir den Staub von der Hose, dann ging ich zur Tür. In meinem Innern bäumte sich etwas auf, wie ein gewaltiger Rückstoß, und ich verharrte, die Hand auf der Klinke, zusammengekrümmt, und spürte der tosenden Leere in meinem Bauch nach. Ich fühlte mich wie gesprengt, so als sei etwas in mir explodiert, etwas, das mir das Atmen schwer machte, und ohne zurückzusehen, ohne das Licht auszumachen, ging ich hinaus und stieß die Tür hinter mir zu.

Ich wußte, daß mein Gesicht heiß und gerötet war, daß meine Haare wirr durcheinanderlagen, und während ich festen Schrittes durch den Gang lief, die Augen stur geradeaus gerichtet, am Tresen vorbei, wünschte ich mir die Dunkelheit zurück, jetzt, wo Licht war. Am Ausgang sah ich zurück, aber sie war nicht am Tresen, auch im Gastraum nicht, und ich fing den seltsam wissenden Blick eines jungen Mannes hinter der Theke auf, der mit einem weichen Tuch Gläser polierte. Er sah mich an und lächelte, verschwiegen, so wie ein Schwuler eine Schwester grüßt, und ich nickte leicht und ging weiter, quer zwischen den vollbesetzten Tische hindurch. Meine Beine zitterten, und ich war erleichtert und enttäuscht zugleich, als ich sie auch draußen nicht entdeckte, ich lief zum Bürgersteig, ging ein paar Schritte, nahm die Aktentasche in beide Hände, drückte sie an meine Brust und legte den Kopf in den Nacken. Die Sonne brannte mich an.

In dieser Nacht schlief ich tief und traumlos, mit bleischweren Gliedern, und als ich am Morgen erwachte, tat mir jeder einzelne Knochen im Leibe weh. Ich brachte nichts zum Frühstück hinunter, aus dem Spiegel starrten mich zwei fiebrig glänzende Augen an, und im Kinn entdeckte ich die Spuren ihrer Zähne. Als ich mit dem Finger hinüberfuhr, war es, als ob sie mich streichelte.

Ich ging zur Arbeit, ich tat das, was zu tun war, ohne zu denken, mein Hirn war voll von Bildern von ihr, von uns; Bilder, die ich nicht gesehen, nur gefühlt hatte.

In meiner Mittagspause war sie nicht da, und ich saß still am Tisch und trank zwei Kaffee, die Augen unverwandt auf die Straße gerichtet, immer noch leer im Bauch.

Auch nach Feierabend war sie nicht da, und ich wartete eine Weile, ganz unaufgeregt, viel zu sehr hallte alles in mir nach, Gelassenheit durchzog mich warm und wissend.

Am nächsten Tag war ich nicht mehr gelassen. Wo war sie? Ich mußte sie sehen, ehe die Bilder verblaßten, ich mußte sie sehen, ihre Augen, ihren Mund, ihren Körper, bevor sich die Erinnerung daran in Sehnsucht auflösen würde. Schon spürten meine Hände die Wölbungen ihrer Brüste nicht mehr nach, fiel es mir schwer, die Weichheit ihrer Haut zu ertasten. Nach einer guten Stunde stand ich auf und ging in den Gastraum.

An der Theke standen zwei Kellnerinnen, eine jung, die andere schon älter, streng sah sie aus, gewichtig, und ich entschied, mich an sie zu wenden.

„Ja, bitte?" Ihre hellen Augen musterten mich durchdringend, und in einer Hand wand sich unruhig ein Kugelschreiber.

Ich wußte nicht einmal, wie sie hieß. Nichts wußte ich von ihr, außer wie sie sich anfühlte und wie sie war, wenn sie sich unter mir auf dem harten Boden eines Lagerraumes wand. „Die junge Frau, die hier arbeitet, die große, mit dunklen kurzen Locken..."

„Ja?" Ihr Tonfall war ablehnend, aber ich ließ mich nicht entmutigen. Was hatte ich schon zu verlieren?

„Könnten Sie mir bitte sagen, wann sie demnächst wieder arbeitet?"

Die jüngere Kellnerin stellte verstohlen grinsend Flaschen auf ein Tablett, und die Lippen der älteren verzogen sich mißbilligend. Sie ließ sich Zeit, bevor sie mir antwortete, und als sie es tat, sprach sie viel zu laut, so laut, daß jeder im Gastraum es hören konnte. „Wir geben prinzipiell keine Auskünfte über unsere Angestellten." Sie starrte mich an, und ich starrte einen Moment zurück, bevor ich mich abwandte und auf den langen Weg zurück machte, auf den langen, langen Weg entlang der langen Theke. Am Eingang blieb ich stehen und warf einen Blick zurück, es war mir egal, ob sie mich musterten oder nicht, ich wollte noch einmal zum Gang dort hinten sehen, zu dem Gang, an dessen Ende mein Leben vor zwei Tagen aus den Fugen geraten war, aber die beiden Kellnerinnen standen gar nicht mehr dort. Sie bedienten gerade einen Tisch im hinteren Teil des Gastraumes, die jüngere schwankte unter der Last ihres schwer beladenen Tabletts.

„He!" Ein leiser Ruf ließ mich den Kopf drehen. Der Barkeeper beugte sich über die Theke, in den Händen ein Geschirrtuch. Ich sah ihn fragend an. Er beugte sich noch weiter vor und winkte mich heran.

„Sie arbeitet nicht mehr hier", sagte er leise, und das mitleidige Verständnis in seiner Stimme tat mir seltsam weh. „Vorgestern war ihr letzter Tag. Und äh, sie ist nicht mehr in Berlin. Sie ist nach Amerika." Er warf einen vorsichtigen Blick nach hinten, bevor er mich wieder ansah.

Ich brauchte eine Weile, um zu begreifen, was er da sagte. „Hast du", fragte ich, als ich die Sprache wiedergefunden hatte, „hast du ihre Adresse?"

Er schüttelte bedauernd den Kopf, hob die Achseln und ließ sie wieder fallen. „Tut mir leid, so gut hab ich sie nicht gekannt. Tut mir leid."

Ich sah ihn an, sah auf das Geschirrtuch in seiner Hand und dann sah ich nach draußen, wo die Sonne auf den Kurfürstendamm und die Menschen herunterschien, immer noch und schon wieder.

„Danke", sagte ich mit trockener Kehle.

Er nickte und wandte sich wieder seinen Gläsern zu, und ich setzte mich in Bewegung, mit langsamen Schritten, und als ich diesmal hinausging, war die Leere in meinem Bauch nicht mehr wohltuend erwartungsvoll und aufregend, sondern echt.

Ich habe sie nie wiedergesehen. Eine Weile noch suchte ich in unregelmäßigen Abständen das Café am Kurfürstendamm auf, saß in der heißen Sonne, unter dem Nieselregen des Herbstes und dann in der stickigen Luft des Gastraumes, während draußen Graupelschauer und Schnee sich vermischten und schlierige Spuren durch den Winterhimmel zogen. Der junge Mann hinterm Tresen schüttelte jedesmal verneinend und bedauernd den Kopf, wenn ich hereinkam, und nach einer Weile dann ließ er es sein und grüßte nur noch, freundlich. Als die ersten Knospen an den Bäumen draußen den Frühling ankündigten, gab ich es ganz auf. Wenn ich jetzt an jenem Café vorbeigehe, alle paar Wochen einmal, eher zufällig als gewollt, dann werfe ich einen Blick auf die Fassade und die Tische im Vorgarten, und fast jedesmal bleibe ich stehen und schaue hinein, bis ans Ende des Gastraumes, bis ich die Leuchtschilder über den Toilettentüren erkenne und den Knick, den der Gang am Ende nimmt. Aber es ist auch schon vorgekommen, daß ich vergessen habe, hinzusehen.

Aber sie, sie vergesse ich nicht. Manchmal, wenn ich einen anderen Körper umarmt halte, wenn Hände schwer auf meiner Haut hinunterfahren und sich in die Furchen meiner Hüften graben, manchmal schließe ich dann die Augen und spüre ihr nach, und ich denke daran, wie sie sich unter mir aufbäumte, wie heiser ihr Stöhnen in meinen Ohren klang und wie fest sich ihre langen, unendlich langen Beine um meinen Rücken schlangen. Ich schmecke die Dunkelheit, den Staub des Bodens und den Schweiß ihrer Haut, Traurigkeit überfällt mich, zündet in mir und macht mich schwer und meinen Griff flach. Was ich tue, scheint mir ungenügend, dumpf, wie ein Abklatsch, der ungeschickte Versuch, jene Orgie der Schwärze wiederzuerwecken; meine Seufzer bleiben mir in der Kehle stecken, und geflüsterte Worte werden zu Schall, der von ferne an mich herandringt. Ich vermisse sie so sehr, vermisse die Wucht und die Schärfe ihrer Leidenschaft, die Härte, mit der sie mich hielt, die Kraft, mit der sie in mir einschlug und mich sprengte und mein Innerstes in kleine Stücke zerbersten ließ. Sie ist in mir eingeschlagen wie eine Granate, und der Donner der Explosion hallt immer noch nach.

Doch diese Momente, sie vergehen, immer wieder.

An meinem Kinn vermeine ich Spuren zu ertasten, wenn ich mit dem Finger hinüberfahre, aber so genau ich auch hin-

sehe, es ist nichts zu entdecken. Die Striemen auf meinem Rücken sind längst verheilt, neue haben sich über sie gelegt, sie mit ihrer Frische bedeckt, auch sie sind verschwunden, getilgt von der Zeit. Scheinbar spurlos ist sie über mich hinweg und durch mich hindurch gefahren, doch scheinbar nur; die Narben in meinem Innern jucken, wildes Fleisch sind sie, und zuweilen reiben die winzigen unverwachsenen Splitter tief in mir aneinander, ich höre sie knirschen, höre sie knirschen, sie lassen mich wissen, wie es war, als sie in mir einschlug, sie, meine Granate, meine ganz spezielle Granate.

Und im Dunkeln sehe ich sie.

Liebe ist grenzenlos

Ich habe mir angewöhnt, einfach nichts mehr dazu zu sagen. Wenn die Sprache auf das Thema kommt – und das passiert, so scheint es, in letzter Zeit immer häufiger, dann tue ich so, als ginge mich das alles überhaupt nichts an. Ich halte den Mund. Eine Zeitlang, vor allem kurz, nachdem es passiert war, fühlte ich mich verpflichtet, Stellung zu beziehen; ich dachte, ich wäre vielleicht in der Lage, aufgrund meiner Erfahrungen auf die Gefahren der Sache hinzuweisen, wo doch alle Welt nur von der Faszination dieser Art des Liebesspiels spricht, aber es war sinnlos. Ein-, zweimal wurde ich richtig angepflaumt – was ich mir denn einbilde, ob ich nicht merken würde, daß andere Leute mein Moralapostelgeschwätz nicht interessieren würde, daß ich doch überhaupt keine Ahnung hätte, und als letztes kam dann, ich habe wohl Schiß und kein Vertrauen, weder in mich noch in andere.

Zum Teil stimmt das. Nicht, daß ich keine Ahnung habe – oh, nein, und wie ich Ahnung davon habe! – aber Schiß habe ich, jawohl. Und Vertrauen tatsächlich nicht. Weder in mich noch in andere. Jedenfalls nicht, wenn es um Liebe geht. Mir braucht niemand mehr zu erzählen, daß diese ganzen Sachen vollkommen ungefährlich sind, solange man Vertrauen ineinander hat – ich weiß, daß es nicht stimmt. Ich habe es erlebt.

Zum Glück weiß kaum jemand, was damals eigentlich wirklich geschehen ist. Erstens war es schon ziemlich spät, das heißt, früh am Morgen, die meisten Leute waren bereits gegangen, und die, die dabei waren, haben erstaunlicherweise den Mund gehalten. Keine Ahnung, warum. Aber wenn ich darüber nachdenke, glaube ich, daß ich an ihrer Stelle die Sache auch nicht an die große Glocke gehängt hätte. Und ich glaube, aus Respekt – Respekt vor dem Intimleben anderer Menschen, das für einen Moment auf brutale Weise an die Öffentlichkeit gezerrt worden war. Es war ein Unfall, ja, wahrscheinlich – aber keiner, für den niemand etwas konnte. Ich konnte was dafür. Ich, und Ginny auch.

Es fing damit an, daß Ginny eines Nachts nach Hause kam und dieses gefährliche Glitzern in den Augen hatte. Es war gegen drei, und sie kam 'rein und schmiß ihre giftgrüne Jacke auf den Fußboden und ihren Schal gleich hinterher. Ich saß, wie so oft, wenn Ginny nachts unterwegs war – weiß der Teufel, wo sie sich rumtrieb, in irgendwelchen Discos, auf irgendwelchen Parties, ich wußte nie so recht Bescheid; seit ich es aufgegeben hatte, sie zu begleiten, hielt sie mich nicht mehr so genau auf dem laufenden –, ich saß also wie meistens im Sessel und las in einem Buch. Als ich sie sah, war mir natürlich sofort klar, daß es mit meiner Ruhe vorbei sein würde. Ich hatte gewußt, daß dieser Moment früher oder später kommen würde, auch wenn unser Zusammenleben im Grunde äußerst harmonisch verlief, ich hatte es gewußt, und so wunderte ich mich nicht, als sie sich mit energisch vorgeschobenem Kinn und seitwärts in die Hüften gestemmten Händen vor mich hinstellte und loslegte.

„So“, sagte sie feurig, „langsam solltest du dir mal was einfallen lassen, Schätzchen. Es reicht jetzt. Ich will was sehen von dir, klar?“

Ich klappte mein Buch zusammen und sah zu ihr auf. Auf ihren Wangen zeigten sich zornige rote Flecken, und ihr Haar war vom Wind zerzaust – oder von irgendwelchen fremden Händen, die da hindurchgefahren waren? Sie war schön, so schön, daß es mir im Magen wehtat, und obwohl ich wußte, daß es kein Ausweichen gab, versuchte ich es dennoch.

„Ginny, meinst du nicht, daß das nicht nur wieder eine Laune von dir ist?“

In ihrer Wange zuckte es, und eine Weile schwieg sie, während sie kaum merklich mit den Zähnen knirschte und mich abwägend musterte. Sie mochte es, wenn ich sie in Wut brachte, und darin war ich wirklich gut. Dann streckte sie die Hand aus und griff mir ins Haar. Es tat ein bißchen weh, weil sie eine Strähne um ihren Finger wickelte und daran zog, und ich legte den Kopf schief.

„Nein, ist es nicht, und das weißt du ganz genau“, erwiderte sie. „Also, laß dir was einfallen, sonst bist du mich ganz schnell los.“ Sie ließ von mir ab, warf mir noch einen scharfen Blick zu und ging aus dem Zimmer. Ich hörte, wie sie sich in der Küche zu schaffen machte.

Sie hatte recht, ich wußte, daß es keine Laune war. Seit längerem hatte sie mir zu verstehen gegeben, daß sie etwas ganz Bestimmtes von mir erwartete, und hatte ich mich anfangs noch dagegen gesträubt, so war mir mittlerweile bewußt, daß ich nachgeben würde. Eigentlich hätte mir in diesem Moment, dort in meinem Sessel im Wohnzimmer, bereits klar sein können, daß ich sie so oder so verlieren würde – egal ob ich auf ihre Wünsche einging oder nicht, und hätte ich weiter nachgedacht, so wäre ich wahrscheinlich zu dem Schluß gekommen, daß ich es lassen sollte. Aber das konnte ich damals nicht. Ich würde mir etwas einfallen lassen, weil ich sie behalten wollte. Ich nahm das Ganze recht gelassen – gut, Ginny wollte es so, also würde sie es bekommen, und eigentlich war ich wohl auch überzeugt davon, daß es locker gehen würde – so locker, wie es bisher mit uns gelaufen war. Diese zwei Jahre waren die besten meines Lebens gewesen, ich war rundum zufrieden, und zwar deswegen, weil ich eine wunderbare Frau gefunden hatte, die mich ebenso liebte wie ich sie.

Ja, Ginny liebte mich genauso, daran bestand für mich kein Zweifel, weder damals noch heute. Sie liebte mich wirklich, von Herzen, genau, wie ich sie liebte, was ich übrigens immer noch tue. Wenn ich an sie denke, dann ist es, als ob das Ganze, was an jenem Abend begann, nie geschehen wäre, und diese wunderbare Zeit, diese herrlichen zwei Jahre, die wir miteinander verbracht haben, ziehen in einer langen Reihe harmonischer Bilder an meinem inneren Auge vorüber und wärmen mich von innen.

Nein wirklich, was war das für eine schöne Zeit! Ginny akzeptierte meine zufriedene Geruhsamkeit – so nenne ich das, was andere als Trägheit bezeichnen – genauso wie ich ihr rastloses Temperament. Wir zogen ziemlich schnell zusammen, und von da an war ich selig. Es war zum Beispiel überhaupt kein Problem, daß ich die meiste Zeit zuhause blieb, während Ginny sich rumtrieb – sie freute sich, mich nachts daheim vorzufinden, und ich war glücklich, wenn sie ausgetobt und angeregt nach Hause kam. Den ganzen Abend hindurch und die halbe Nacht tankte ich Kraft, während Ginny die überschüssige Energie draußen absetzte. Wenn sie dann kam, waren wir auf dem gleichen Pegel – und dann ging es ab. Eine Leidenschaft teilten wir nämlich mit der gleichen Besessenheit: Sex.

Heute, jetzt, nach alledem, weiß ich, daß es nicht ausreicht, das zu tun, was eine Frau von einem fordert. Wenn man eine aufregende Frau halten will, dann muß man ihr auch etwas bieten. Und zwar von sich aus. Aber damals dachte ich anders. Ich glaubte, daß es ausreichte, wenn ich Ginnys Wünsche erfüllte. Mir unaufgefordert etwas zu überlegen, um unser Leben in Schwung zu halten, darauf kam ich gar nicht. Schließlich hatte ich Ginny, diese faszinierende Frau, doch für mich gewonnen, und sie liebte mich, also, was noch? Ich war ja sogar bereit, auf ihre ganz besonderen Wünsche einzugehen, obwohl es mir im Grunde ein wenig widerstrebte. Aber wenn sie es so wollte... Was tut man nicht alles für die Frau, die man liebt.

Das habe ich mir übrigens gemerkt. Es ist nämlich so: Man tut alles. Jedenfalls, wenn man so ist wie ich. Und wenn man schon so weit ist, alles zu tun, nur um die geliebte Frau zu halten, dann übersieht man auch gewisse Grenzen. Das heißt, sie lösen sich auf. Sie sind nicht mehr da. Kontrolle hin, Vertrauen her. Ich weiß das. Deshalb weiß ich auch, daß es gefährlich ist – gerade, wenn es sich um eine scheinbar so vergnügliche Sache handelt wie eine neue Sexvariante. Denn darum ging es Ginny. Sie wollte etwas ganz Bestimmtes von mir. Etwas, was mir nicht ganz behagte. Aber ich würde es tun. Auf ihre Verantwortung hin.

Nur, daß das so nicht funktioniert. Aber auch das weiß ich jetzt erst. Ich hatte die Verantwortung, nicht Ginny. Sie hat sich mir überlassen, und ich habe eingewilligt. Damit hatte ich auch die Verantwortung. Und ich war es, die nicht aufgepaßt hat.

Am nächsten Abend war ich gewappnet. Ginny kam 'rein, ziemlich früh, früher als sonst, und als erstes legte sie Musik auf. Leise. Sie hatte mich nicht begrüßt, und ich saß still im Sessel, die Beine hochgezogen, und beobachtete sie. Ihre Ohren waren ein wenig von der Kälte gerötet, wie zwei kleine rote Lampen lugten sie durch Ginnys störrisches blondes Haar, und ich versank ganz in den Anblick ihres zarten Nackens.

„Und?" fragte sie, ohne mich anzusehen. Ich schwieg. Sie drehte sich kurz zu mir um, musterte mich und wandte sich dann wieder ab.

„Hast du dir was einfallen lassen?" Sie sortierte die Platten, jedenfalls tat sie so, in Wirklichkeit lauerte sie natürlich auf meine Antwort. Ich schwieg weiter.

Sie sah mich noch einmal an – ich hielt ihrem Blick ungerührt stand –, dann richtete sie sich auf und ging an mir vorbei in die Küche. Der Zorn hatte ihre Wangen bleich werden lassen, und ich hörte, wie sie verärgert mit den Schranktüren klapperte. Eine Weile wartete ich ab, dann stand ich auf und ging ihr hinterher. Meine Stiefel knallten laut auf den Holzdielen, und alarmiert drehte sie sich um, noch bevor ich bei ihr war. Eine Sekunde lang standen wir uns gegenüber, unbeweglich, und bannten uns mit Blicken. Ich glaube, in diesem Moment war sie doch überrascht, denn über ihr Gesicht huschte ein Ausdruck des Erstaunens, des Erstaunens, obwohl sie mir die ganze letzte Zeit in den Ohren gelegen hatte, es endlich zu tun. Sie grinste verblüfft, und dann veränderte sich ihre Miene unmittelbar, sie öffnete leicht den Mund, ihre Augen wurden dunkel und zogen sich zu kleinen Schlitzen zusammen, Ginny stieß hörbar die Luft aus, und dann hob sie blitzschnell eine Hand und streckte sie mir entgegen, aber es war zu spät. Ich hatte schon ausgeholt, und jetzt schlug ich zu.

Schlag mich, hatte sie wieder und wieder gesagt, sie hatte es unter mir hervor gestöhnt, wenn ich zustieß, wenn ich mich auf ihr festklammerte und ihr fast die Luft zum Atmen nahm, schlag mich, los komm, tu es endlich. Ich hatte sie geschlagen, ja, und sie hatte geweint und gelacht, aber es war nicht genug gewesen. Sie wollte, daß ich ihr wehtat, richtig wehtat, immer wieder, immer mehr, mehr. Ich hatte mich gescheut – im Grunde wollte ich ihr nicht wehtun, warum auch, warum sollte ich diesen Körper, den ich so sehr liebte, quälen, warum sollte ich ihr ernstlich wehtun; es tat mir weh, wenn ich ihr wehtat, wenn ich ihr richtig wehtat. Aber es war ihr nicht genug. Feigling, hatte sie wieder und wieder geschrien, Feigling, trau dich, verdammtes Schwein, du traust dich nicht, komm schon, beweis' es mir, beweis' mir, daß du es kannst. Und jetzt bewies ich es ihr.

Sie prallte rückwärts gegen den Herd. Ich holte wieder aus, sie versuchte, mir auszuweichen, aber ich versperrte ihr den Weg. Diesmal traf ich die andere Wange, und die Tränen schossen ihr in die Augen. Sie schnappte nach Luft und sah mich mit aufgerissenen Augen an, in denen eine Wildheit lauerte, die mich verunsicherte. Ich verharrte und wartete ab – reichte es nicht schon? –, aber sie fing an zu lächeln, und wieder schlug ich zu.

Noch während ich dastand und sie ansah, die Hand immer

noch erhoben und schmerzend vom Schlag, sah ich, wie sich ihre Wangen röteten, auf jeder Seite zeigte sich ein länglicher Abdruck, und für einen Moment war mir sehr unwohl zumute. Dann hob sie den Kopf, sah mir in die Augen und fragte höhnisch: „War's das?", und ich schlug erneut zu. Diesmal stolperte sie, ihre Hände flogen nach hinten, um sich abzustützen, gleichzeitig stieß sie mit einem Fuß nach mir, ich bewegte mich nach vorn, auf sie zu, wollte sie packen, und da sprang sie mir entgegen, schubste mich so, daß ich fast das Gleichgewicht verlor, und im nächsten Augenblick hielt sie mich umklammert, schlug und trat nach mir und biß und kratzte mich so fest, bis ich mich nicht mehr nur wehrte, sondern dazu überging, sie ebenfalls zu attackieren. Und dann lagen wir schon auf dem Boden, ich auf ihr, sie bäumte sich unter mir auf, schnappte nach mir, ihre fiebrig glänzenden Augen glühten mich an, und ich bog ihr den Arm so weit nach hinten, bis sie zu wimmern anfing. Den anderen klemmte ich mir unters Knie und legte mein ganzes Gewicht darauf, und dann riß ich ihr den Rock herunter, zerrte ihren Slip beiseite, fand mühelos ihr Loch und stieß mit drei Fingern zu, und sie schrie auf. Sie schrie, und solch einen Schrei hatte ich vorher noch nie von ihr gehört: Es lag soviel Lust darin und soviel Wut, soviel Liebe und soviel Haß, daß es einfach zuviel schien für einen einzigen Schrei, und so schraubte er sich dann in Spiralen weiter hoch, immer höher, bis meine Ohren zu platzen drohten, und was ich dann tat, kann man sich wahrscheinlich gut vorstellen: Ich schlug sie wieder.

So fing es an.

Es gibt viele Formen der körperlichen Liebe, unzählige Spielarten und Möglichkeiten, sich miteinander zu vergnügen, sich nahe zu sein, sich zu befriedigen, sich zu lieben. Ginny und ich hatten auch vorher schon vieles miteinander getan, und davor vieles mit anderen; es war keinesfalls so, daß wir nicht gewußt hätten, was es mit diesen Schlägen, mit dieser Heftigkeit, dieser Gewalt auf sich hatte: Natürlich ging es um Macht und Unterwerfung. Und natürlich kompensierten wir beide etwas dadurch, und natürlich verschafften wir uns einen Nervenkitzel, der uns in unserem sonstigen Zusammenleben vielleicht ein wenig abhanden gekommen war. Heute weiß ich, daß sie sich tatsächlich manchmal gelangweilt haben muß mit mir – wie kann man sich nicht mit jemandem langweilen, der es zufrieden ist, möglichst viel im Sessel zu sitzen und zu lesen? Mit jemandem, der weder zum Ausgehen noch zum Tanzen zu bewegen ist, mit jemandem, der keine Pläne hat, weder für sich noch für eine Zukunft, in der man selbst auch eine Rolle zu spielen gedenkt? Ginny kam seit längerem keinen Schritt mehr voran, auch nicht allein, denn ich klebte an ihr, ich war ihr ewiges Zuhause, in das sie zurückkehrte, das alles, was sie tat, guthieß und keinen Widerspruch einlegte. Ich war Ginnys gemütliches Sofa, aber vielleicht hätte sie lieber ein Fahrrad gehabt – etwas, auf dem man sitzen, mit dem man sich aber auch fortbewegen kann.

Kein Wunder, daß Ginny auf die Sache mit dem Sex verfiel. Etwas mußte passieren, denn ihr Respekt vor mir ging langsam flöten. Wenn ich das verhindern wollte – war es nicht am besten, ich bewies ihr, daß ich noch Macht über sie hatte? Indem ich sie zwang, sich mir zu unterwerfen? Obwohl ich es weder damals noch heute so klar fand, wer sich wem unterwarf – folgte ich nicht ihren Wünschen, hatte sie nicht die stärkere Macht über mich, wenn sie mir insgeheim drohte, mich zu verlassen, falls ich nicht tat, was sie von mir forderte?

Jedenfalls, ihre Rechnung ging auf. Es machte mir Spaß, und ich kam tatsächlich wieder in Schwung. Ginny gewöhnte sich an, mich herauszufordern, mich zu triezen, bis ich nicht mehr ausweichen konnte, und schließlich begann ich, diese Flamme, die in mir hochschlug, wenn Ginny mit abfällig verzogenen Mundwinkeln vor mir stand und mir meine vermeintliche Trägheit ins Gesicht spuckte, ich begann diese Flamme herbeizusehnen, weil sie mich befreite und anregte, ich liebte die Sekunden, bevor ich Ginny packte und in die Knie zwang, ich liebte das Feuer, das mich von innen röstete, bis ich um mich schlug, und schließlich begann ich, nicht mehr nur darauf zu warten, daß Ginny es entzündete, sondern ich fachte es selbst an. Ich paßte sie ab, wenn sie zur Tür hereinkam, und schmiß sie auf den Boden, noch bevor sie Zeit gehabt hatte, sich den Mantel auszuziehen; ich schleifte sie durch die Wohnung und zurrte sie mit allen Gürteln, derer ich in der Schnelle habhaft werden konnte, am nächstbesten Möbelstück fest, um sie durchzuficken; in der Dusche riß ich ihr das Handtuch fort und legte sie über den Wannenrand, um sie zu züchtigen, mit Mühe, denn ihr glitschiger Leib drohte mir zu entgleiten, und die Striemen in ihrem Rücken waren mir bald schon nicht mehr tief genug. „Treib mich aus", schrie sie einmal, und ich schrie wütend zurück: „Das tue ich! Das tue ich!" Ich fing an, mir immer neue Dinge auszudenken, die ich mit ihr tun würde, immer schärfere Quälereien, immer härtere Strafen; ich fing sogar an, darüber nachzudenken, was für Zeichen ich ihr auf welche Art unauslöschlich in die Haut ritzen würde; meine Zeichen, Zeichen, die uns verbinden würden, für immer.

Schon bald fing Ginny an, hochgeschlossene Hemden zu tragen und langärmelige Pullover, die sie nicht mehr, entgegen ihrer sonstigen Gewohnheit, hochkrempelte. Ich weiß noch, daß gerade dieser Umstand mich eines Tages ins Grübeln brachte: Ging es nicht zu weit, wenn Ginny ihre jahrelangen Gewohnheiten änderte, Gewohnheiten, die für mich untrennbar mit ihrem Wesen verbunden waren, die zu den Eigenarten ihrer Persönlichkeit gehörten? Selten zuvor hatte ich Ginny ohne hochgekrempelte Ärmel gesehen; ich hatte die Bewegung geliebt, mit der sie sich die Hemden aufrollte, das leichte Gleiten ihrer Finger, den abwesenden Blick dabei. Jetzt, wenn sie zugeknöpft bis obenhin die Wohnung verließ, schien sie mir wie ein anderer Mensch, wie ein anderes Wesen, das langsam das altbekannte ersetzte. Lösten wir uns etwa auf? Zu wem wurden wir? Ja, wir, denn auch ich veränderte mich. Ich verbrachte Stunden damit, kleine harte Gymnastikbälle in meinen Fingern zu kneten, um die Geschmeidigkeit und Stärke der Fingerglieder zu erhöhen; ich fing an, Kraftübungen zu machen, und ich stellte meine Halbschuhe in den Schrank, zusammen mit meinen heißgeliebten Sportschuhen. Ich trug nur noch Stiefel. Vor allem aber – ich las keine Bücher mehr. Es war mir unmöglich, mich auf 150 oder mehr zusammenhängende Seiten zu konzentrieren, ohne den Faden zu verlieren; stattdessen blätterte ich nun in Zeitschriften oder Zeitungen, und auch das nur flüchtig und ohne wahres Interesse, denn insgeheim grübelte ich dabei, ohne daß ich hätte sagen können, worüber.

Nicht etwa, daß das Zufügen von Schmerz nur einseitig gewesen wäre – auch Ginny tat mir weh. Wenn ich auf ihr lag und sie mit meinem Gewicht zu erdrücken drohte, wenn ich ihr die Luft abpreßte, um ihr die Kraft zum Schreien zu nehmen, dann gelang es ihr immer wieder, einen Arm unter mir herauszuwinden, und mit ihren Fingernägeln, die sie sich seit einer Weile wieder wachsen ließ, zerkratzte sie mir den Rücken und schlug und kniff mich, soviel sie nur konnte. Einmal haute sie mir ein blaues Auge, und ich ging vier Tage nicht auf die Straße. Zur Strafe ließ ich sie für mich kochen, putzen und all die niedersten und schmutzigsten Arbeiten verrichten, die mir nur einfielen, und am dritten Tag stand sie in der Küche am Herd, drehte sich zu mir um – ich lehnte am Türrahmen und beobachtete sie, jederzeit bereit, ihr auf die Sprünge zu helfen, sollte sie einen Fehler machen –, sie drehte sich zu mir um und sagte: „Ich liebe dich wirklich."

Es hätte mich glücklich machen müssen, aber ich erschrak. Hatte sie die ganze Zeit zuvor gezweifelt? Und bedeutete dieser Satz womöglich, daß es nun genug war, daß wir aufhören sollten mit diesen Spielereien, daß der Spaß ein Ende hatte? Denn ich wollte nicht aufhören. Irgendwie hatte ich Gefallen gefunden an all dem, ich hatte Gefallen gefunden, meine Freundin grün und blau zu schlagen, sie leiden zu sehen, und ich hatte nicht nur Gefallen daran gefunden, sondern ich wollte noch mehr. Ich wollte mehr, mehr, immer mehr. Vielleicht hätte ich damals, in diesem Moment, sehen können, wohin das alles führen würde, wenn wir nicht innehielten, aber ich dachte nicht darüber nach. Ich dachte nur, daß auch ich sie liebte, und daß ich mit ihr zusammenbleiben wollte. Und so nahm ich ihre Worte als Zeichen, daß alles wieder ins Lot geraten, daß es richtig war, was wir taten und daß wir um keinen Preis mehr damit aufhören durften, wollten wir uns nicht verlieren.

Eines Nachts lag sie neben mir, sie keuchte noch, und ich auch, mein Rücken schmerzte, und meine Armmuskeln taten mir weh vom festen Zugreifen. Sie zitterte leicht, ein wohliger Nachschauer durchfuhr mich, als ich mich erinnerte, wie heftig sie sich gerade eben noch von mir abgestoßen hatte, und wie ich sie gepackt und wieder heruntergezogen hatte; die Male an ihren Handgelenken waren immer noch zu sehen. Ich sog ihren Duft ein, der sich mit dem meinen vermischt hatte, und ich bedauerte bereits jetzt den Moment, an dem wir uns voneinander lösen mußten, um auf die Toilette zu gehen oder ins Bad oder um uns wieder anzuziehen; ich sog in tiefen Atemzügen unseren gemeinsamen Duft ein, da schlug sie die Augen auf und sagte: „Ich komme nicht mehr los.“

„Doch“, sagte ich instinktiv, schnell, ehe ihre Worte in mich einsickern und ihre ganze Bedeutung entfalten konnten.

„Nein“, sagte sie und sah mich unverwandt an. Es lag etwas in ihrem Blick, das mich aufschreckte, eine Mischung aus Gewißheit und Angst und dahinter so etwas wie eine Drohung, von der Ginny selbst nicht wußte, daß sie sie aussprach.

„Doch“, wiederholte ich nachdrücklich, ohne zu wissen, wovon wir eigentlich redeten, und Ginny seufzte und rückte näher an mich heran.

„Nein“, sagte sie noch einmal, „nein – nur mit Gewalt.“ Sie lächelte leicht, es war mehr ein Zucken als ein Lächeln, und die Zweideutigkeit ihrer Worte hielt mich noch lange wach, nachdem sie längst eingeschlafen war, friedlich schlummernd wie ein Kind.

Dann ging alles ganz schnell, und so oft ich heute noch bedauere, daß wir nur diese kurze Zeit der Erfüllung miteinander genießen konnten, so genau weiß ich auch, daß es nur gut war, daß der Unfall, der keiner war, so schnell danach geschah, weil er uns rettete.

An einem milden Abend im Mai gingen wir aus, zufrieden und voller Vorfreude liefen wir nebeneinander her durch die Straßen, Ginny im Kleid, ich ganz in Jeans. Ginny trug ihre Handtasche, eine von den alten, die sie seit Jahren in der Wohnung herumliegen hatte und die erst kürzlich wieder in die Ehre des Benutztwerdens gekommen war. Ich hatte bemerkt, daß sie vorhin eine ganze Weile in unserer Garderobe herumhantiert und, als wir gingen, irgendetwas in ihre Tasche gesteckt hatte, aber ich hatte nicht nachgeforscht. Denn das gehörte zu unseren neuentdeckten Beschäftigungen: Wenn wir zusammen fortgingen, was in in letzter Zeit wieder öfters vorkam, überraschte Ginny mich manchmal mit irgendeinem Utensil, das sie heimlich von zuhause mitgenommen hatte; mitten in einer dunklen Ecke irgendeiner Discothek drückte sie mir dann plötzlich einen Dildo in die Hand und forderte mich auf, es ihr damit zu besorgen, jetzt, sofort, im hintersten Winkel, an die Wand gepreßt, still, ohne daß jemand es mitbekam; und wenn sie dann leise stöhnend auf meinem Schoß hockte und sich kaum merklich auf und ab bewegte, krallte ich meine Finger in ihre Schenkel und befahl ihr, keinen Laut von sich zu geben, was ihr auch gelang – mittlerweile war sie Meisterin im geräuschlosen Schreien, und ich, ich war Meisterin im lautlosen Quälen.

Die Bar, zu der wir unterwegs waren, war früher meine Stammbar gewesen; früher, bevor ich die Freuden des trauten Heims zu zweit kennengelernt hatte. Jetzt noch grüßten mich die Jungs hinter der Theke, und eine Reihe von Leute nickte mir zu. Ginny blieb alle naselang stehen, um sich zu unterhalten oder jemanden zu begrüßen; im Gegensatz zu mir kam sie immer noch oft hierher und kannte alle und jeden. Ich holte uns was zu trinken, dann ließ ich Ginny allein und stellte mich in eine Ecke. Es wurde später und später, der Laden leerte sich, und immer noch quatschte Ginny mit allen möglichen Leuten. Quer durch den Raum warf sie mir vielsagende Blicke zu, während ich lässig an die Wand gelehnt dastand, meine Bierflasche in der Hand, und in jedem ihrer Blicke lag eine so deutliche Ansage, daß ich ganz nervös wurde. Sie heckte irgend etwas aus, und ich hatte keine Ahnung, was. Langsam stieg ein bißchen Wut in mir hoch, das Feuer zündete, und ich fing an, mich darauf zu freuen, Ginny dafür zu bestrafen, daß sie mich dermaßen hinhielt. Glaubte sie etwa, sie könnte mir einfach so das Zepter aus der Hand reißen? Instinktiv ballte ich meine Finger zu Fäusten, und dann kam sie auch schon auf mich zu.

„Ich fühle mich so ungebunden", sagte sie leise, als sie vor mir stand, und sie schlug mir leicht mit ihrer Tasche auf die Hand, als ich nach ihr greifen wollte.

„Das können wir schnell ändern", erwiderte ich.

„Ach ja? Wie denn?" Sie grinste mich frech an, und ich stieß mich von der Wand ab.

„Ganz leicht", sagte ich. Sie lachte und sah weg.

„Leicht?" wiederholte sie. „Leicht geht gar nichts, Schätzchen, das müßtest du doch eigentlich wissen." Sie trat einen Schritt zurück, und dann lief sie davon, und ich folgte ihr automatisch. Leichtfüßig und schnell bahnte sie sich einen Weg durch die Menge, ohne sich nach mir umzusehen. Mittlerweile wußte ich, wohin sie wollte, und ein vager Schauder der Enttäuschung durchzog mich, als ich begriff, daß ich heute einmal nicht in den Genuß kommen würde, sie unter den unwissenden Blicken der Umstehenden zu befummeln. Das, was sie vorhatte, mußte offensichtlich im Verborgenen geschehen, denn Ginny ging auf den Gang zu, der zur Toilette führte.

Vor uns verschwand gerade eine Frau in der Kabine, und Ginny lehnte sich an eine Wand und sah zufrieden lächelnd in den Spiegel gegenüber, während ich am Eingang wartete, ungeduldig von einem Fuß auf den anderen tretend. Als die andere Frau endlich wieder herauskam, schob Ginny sich hastig an ihr vorbei und versuchte, vor mir die Tür zu schließen, aber ich war schneller. Ich klemmte einen Fuß in den Türspalt, stieß mit der Schulter gegen das weißlackierte Holz und zwängte mich hinein. Blind tastete ich hinter meinem Rücken nach dem Türgriff und verriegelte das Schloß. Ginny stand mir reglos gegenüber und musterte mich, dann öffnete sie langsam ihre Handtasche.

„Was hast du da?“ fragte ich leise.

„Komm her und sieh nach.“ Sie grinste mich an, und ich kam näher und sah in die Tasche. Ein undefinierbares Knäuel aus schwarzem Material lag darin, und erst, als ich es herauszog und durch meine Finger gleiten ließ, erkannte ich, was es war. Lederstreifen waren es, und als ich genauer hinsah, entdeckte ich einen Streifen roten Stoffes dazwischen, und mir wurde schlagartig klar, was Ginny zuhause im Flur gemacht hatte: Sie hatte meine alte Lederweste, die mit dem roten Innenfutter, in Streifen geschnitten. Zwar trug ich das Teil kaum noch, aber trotzdem war ich wütend: Ginny wurde ganz schön frech in letzter Zeit.

„Das wirst du mir büßen“, sagte ich.

„Ich hoffe doch.“

Im nächsten Moment war ich an ihr, und sie stieß mich zurück, und es war ziemlich schwierig, die Lederstreifen auseinander zu winden und Ginny gleichzeitig festzuhalten, während sie mich immer wieder zur Seite schubste. Doch endlich hatte ich es soweit, mit einer schnellen Bewegung drehte ich sie um, daß ihre Knie gegen die Toilettenschüssel stießen, und halb knieend, halb stehend versuchte sie, sich zu befreien, während ich sie nach vorne drückte und ihr dabei die Arme auf den Rücken riß. Das Leder war brüchig, aber noch fest genug, und es gelang mir, die Riemen in Windeseile um Ginnys Handgelenke zu schlingen und mit einem Knoten sicher zu befestigen. Einen Moment dachte ich, Ginny würde mir entschlüpfen, aber durch ihre heftigen Bewegungen zog sich der Knoten noch enger zusammen, bis sie bewegungsunfähig war. Ich riß sie an den Haaren zu mir zurück, und ihre Augen glänzten, als sie aufstöhnte. „Au!"

„Halt die Klappe!" zischte ich. Ich klemmte ihr meinen Ellenbogen zwischen die Zähne und rieb mich von hinten an ihr, und gehorsam machte sie die Bewegung mit, obwohl sie sich kaum rühren konnte. Die Toilettenschüssel wackelte bedenklich, und ich drückte Ginny weiter nach vorne, ihre Stirn preßte sich gegen den Spülkasten, und ein Knie landete fast in der Kloschüssel. Ich hörte, wie sie lachte, und irgendwie machte mich das zornig. Plötzlich kam ich mir lächerlich vor; was tat ich hier, in einem schmutzigen Klo, meine Freundin gefesselt und geknebelt vor mir? Aber Ginny lachte wieder und ich drängte ein Bein zwischen ihre Schenkel und stieß sie an. Plastik knackte vernehmlich, aber ich hörte es kaum, mir war heiß, heiß vor Wut und vor Scham und vor Lust. Ich konnte Ginny nicht schnell genug unter das Kleid fahren, ihre Nippel waren hart, so hart, daß ich das Gefühl hatte, sie könnten unter meinen gierig reibenden Fingern abbrechen, Schweiß lief zwischen ihren Brüsten hinunter und machte meinen Griff schlüpfrig. Ginny lag jetzt halb auf der Toilettenschüssel, halb auf dem Spülkasten, und ich drängte nach, mit einem Klappern fiel die Klobürste um, Ginny ächzte und biß mir in den Arm, ich schob mich weiter auf sie, mein Stiefelabsatz knallte gegen die Tür, ich kam nicht richtig auf sie rauf, alles war zu eng, und zu heiß, und ich stieß mit der Schulter schmerzhaft irgendwo an, wieder stöhnte Ginny und versuchte, sich zur Seite zu winden, ich hielt sie fest, und dann rutschte ich aus, konnte mich nicht mehr halten, verzweifelt versuchte ich, mich abzustützen, aber meine Hand griff ins Leere, alles war rutschig und schwer und plötzlich war nichts mehr so, wie es eigentlich sein sollte, Ginny glitt unter mir weg, mein Kinn knallte heftig auf den Spülkasten, der Schmerz betäubte mich, und dann hörte ich ein widerwärtig lautes Knacken und einen Schrei, der abrupt verstummte, und einen Moment später rutschte ich ganz ab und prallte auf Ginny auf.

Auf einmal war alles ganz still, unnatürlich still, abgesehen von diesem Dröhnen in meinem Kopf. Ich brauchte eine Sekunde, um mich zu besinnen, bis mir klar wurde, was passiert war; das heißt, eigentlich wurde es mir erst viel später klar. Zuerst war ich eine endlos scheinende Weile damit beschäftigt, mich aufzurichten, immer wieder glitt ich an den Wänden ab, ich konnte mich nirgendwo festhalten, alles war naß vor Schweiß, und meine Schultern waren zwischen der Wand und der Toilettenschüssel eingeklemmt. Ich machte mehrere vergebliche Anläufe, bis es mir gelang, mich dazwischen hervorzuwinden und hochzuwuchten, die ganze Zeit war ich mir Ginnys reglosen Körpers unter mir bewußt, und als ich endlich stand, mit zitternden Knien, als ich endlich stand und mich mit einer Hand auf dem zerbrochenen Spülkasten abstützte, als ich endlich stand und auf Ginny hinuntersah, da konnte ich zuerst kaum glauben, daß es wirklich Ginny war, meine große, 1.80 lange Ginny, die da so seltsam verrenkt und eingekeilt zwischen der Wand und der Toilettenschüssel auf dem Boden lag, gleichsam zusammengequetscht, als hätte ein enormes Gewicht sie in diese unwirkliche Form gepreßt. Die Hände auf ihrem Rücken waren immer noch zusammengebunden, mit diesem Knoten, den ich kurze Zeit zuvor so geschickt verknüpft hatte, und die nächsten fünf Minuten verdammte ich diesen Knoten so oft, daß ich lange Zeit danach keine Worte für Verwünschungen mehr übrig hatte. Ich brauchte endlose fünf Minuten, um ihn aufzulösen, vorher konnte ich Ginny nicht aus ihrer Lage befreien, und die ganze Zeit über rührte sie sich nicht und reagierte nicht auf mein Bitten und Flehen. Immer wieder hielt ich die Hand vor ihren Mund, um mich zu überzeugen, daß sie noch atmete, und nur der leichte Lufthauch an meinen Fingern rettete mich vor dem Durchdrehen. Ginnys rechter Arm lag in einem merkwürdigen Winkel, und ohne darüber nachzudenken, wußte ich, daß er gebrochen war und daß das gräßliche Knacken, daß ich kurz vor meinem Fall gehört hatte, das Brechen der Knochen gewesen war. Ich schaffte es einfach nicht, Ginny alleine aus diesem Winkel, in dem sie lag, herauszuziehen, es ging nicht, auch wenn ich alle Kräfte zusammennahm, ich schaffte es nicht. Ich beugte mich über sie und küßte sie, und dann öffnete ich die Tür und lief auf zitternden Beinen in den Gang, die Tränen liefen mir übers Gesicht, aber es war mir egal, es war alles egal, nur Ginny nicht, und sie brauchte Hilfe, und um ihr zu helfen, brauchte ich ebenfalls Hilfe.

Der erste, den ich draußen auf dem Gang traf, war ein kleiner kräftiger Typ, so ein Lederschwuler mit Käppi und kariertem Hemd und allem drum und dran, er starrte mich verständnislos an, als ich auf ihn zukam und irgendetwas stammelte, aber er kam mit und warf nur einen Blick auf Ginny, um die Situation sofort zu erfassen. „Verdammte Scheiße!" zischte er, drehte sich um und rief etwas, und dann kam noch ein Typ, ein Blonder mit großen, freundlichen Augen; sie drängten mich zur Seite, schoben mich einfach weg, als wäre ich gar nicht da, und ihre breiten Rücken versperrten mir die Sicht auf das, was sie mit Ginny machten. Ich stand da und zitterte und heulte vor mich hin, und dann kam der Blonde wieder zurück und lief an mir vorbei, und ich sah, wie der andere Ginny gerade an den Beinen nach vorne zog und vorsichtig umdrehte und dabei behutsam ihren gebrochenen Arm ein wenig in die Höhe hielt, der jetzt noch schrecklicher verdreht wirkte als zuvor. Gerade, als er sein Käppi unter Ginnys Kopf bettete, schlug sie die Augen auf und sah sich verwirrt um, und als ihr Blick auf mich fiel, schien sie mich nicht zu erkennen, ihr Gesicht verzog sich schmerzlich, dann lächelte sie abwesend vor sich hin und stöhnte auf und preßte die Lippen zusammen, bis sie weiß wurden, und Tränen schossen aus ihren Augen, und ich heulte auf und dann kam der Blonde zurück und sagte, ich solle beiseite gehen, damit sie Ginny besser hinlegen könnten, und der Krankenwagen käme gleich.

Das war es, eigentlich. Der Blonde nahm mich beiseite und fragte mich aus, aber ich redete nur wirres Zeug, und er sagte immer wieder: „Sie ist gefallen, und du hast es gehört, weil du gerade draußen gewartet hast, und dann hast du mit einer Münze das Türschloß geöffnet und sie gefunden, klar?"

Vielleicht habe ich ihm das selbst so erzählt, ich weiß es nicht, ich kann mich nicht erinnern, ich weiß nur, daß ich den Sanitätern das dann auch erzählt habe und der Frau an der Notaufnahme im Krankenhaus auch und dem Arzt ebenfalls, und da war Ginny schon wach und sah mich die ganze Zeit an, mit so einem leeren Gesichtsausdruck, daß es mich gruselte. Der Arzt argwöhnte wohl, daß etwas an der Geschichte nicht stimmte, er drang immer wieder in mich ein, aber ich sagte immer wieder das gleiche, ich war so erschöpft, daß ich es vermutlich auch gar nicht mehr geschafft hätte, etwas anderes zu sagen. Er fragte Ginny ebenfalls mehrmals nach dem Hergang des Unfalls, aber sie sagte immer nur: „Stimmt. Stimmt alles.“ Und so schoben sie sie dann weg, und ich saß lange in einem Warteraum, und ehe ich weggeschickt wurde, schaute ich noch einmal kurz zu ihr herein, sie hatte den Arm in einem Streckverband und war ganz weiß im Gesicht, und sie schlief, und ich wagte es nicht, sie zu küssen, weil ich Angst hatte, sie würde schreien, wenn sie die Augen öffnete und mich sah.

Es war dann so, daß ich Ginny jeden Tag im Krankenhaus besuchte, manchmal zweimal, einmal sogar dreimal, die ganzen neun Tage, die sie im Krankenhaus lag, denn am zehnten Tag wurde sie bereits entlassen; sie kam mit einem riesigen Gipsverband nach Hause, aber da war ich dann ja schon ausgezogen.

Es war nicht so, daß Ginny mir in diesen neun Tagen Vorwürfe machte oder daß böse Worte zwischen uns fielen, nein, im Gegenteil, wir saßen sehr ruhig beieinander und redeten wenig. Die meiste Zeit sahen wir uns einfach an, und das war härter als alle bösen Worte je hätten sein können. Ginny las in meinen Augen vermutlich genau das, was ich in ihren sah: Furcht. Sie fürchtete sich vor mir, und ich fürchtete mich vor ihr, wir fürchteten uns voreinander, oder vielmehr fürchteten wir uns vor dem, was wir in uns gegenseitig ausgelöst hatten. Ich glaube nicht, daß es, wenn wir zusammengeblieben wären, so weitergegangen wäre wie zuvor, bestimmt nicht. Ich glaube, wir wären friedlich wie die Lämmer gewesen, wir wären zärtlich miteinander gewesen, sanft, und manchmal leidenschaftlich, auch wild leidenschaftlich, aber es hätte keine Gewalt mehr zwischen uns gegeben, auch keine geliebte, ersehnte Gewalt.

Es war auch nicht so, daß wir uns auf einmal nicht mehr geliebt häten, nein, wie gesagt, ich liebe Ginny immer noch, und es war auch nicht so, daß in ihrem Blick keine Liebe mehr lag, wenn sie mich ansah.

Ich glaube, wir redeten kaum, weil wir beide wie unter Schock standen, uns fehlten einfach die Worte, vielleicht gab es aber auch nicht viel zu sagen. Wir sahen uns an und wußten beide, daß wir zu weit gegangen waren, wir waren zu weit gegangen und jetzt gab es einfach keinen gemeinsamen

Weg mehr für uns. Als ich ihr nach einer Woche sagte, daß ich in den nächsten Tagen ausziehen würde, nickte sie nur und lächelte schief. Das tat mir verdammt weh, aber ihr wahrscheinlich auch.

Ich sah übrigens, von ihrem dreifach gebrochenen Arm abgesehen, viel schlimmer aus als sie; mein Kinn war angeschwollen und schillerte in allen Regenbogenfarben, dazu hatte ich ein blaues Auge und einen riesigen Kratzer an der Hand, vom Spülkasten vermutlich. Eine Krankenschwester, die neu war, fragte uns, ob wir zusammen einen Unfall gehabt hätten, und ich sagte, nein, jede für sich. Abgesehen davon, daß ich mir einfach nicht sicher bin, ob es nun ein Unfall war oder nicht, abgesehen davon stimmt es tatsächlich, und das ist ja gerade das Traurige daran: Es ist jeder von uns für sich passiert. Wir waren zu sehr für uns und zuwenig zusammen; hätten wir mehr aufeinander geachtet, wäre es nicht passiert. Und deshalb sind wir jetzt allein.

Irgendwann in diesen Tagen in Krankenhaus sagte Ginny, daß es ihr leid tue, und ich habe gar nichts dazu gesagt. Sie hätte vielleicht lieber sagen sollen, daß sie es bedauere, denn „leid tun", das klingt nach Schuld eingestehen, und das trifft es ja wohl nicht ganz. Zwischen Leidtun und Bedauern liegt ein himmelweiter Unterschied; vielleicht hätte sie wirklich lieber sagen sollten, daß sie es bedauere, aber letzten Endes ist das ja auch ganz egal.

Ich habe Ginny dann nach ihrer Entlassung aus dem Krankenhaus noch ein paarmal besucht, wir haben uns gut verstanden, aber ich habe trotzdem gemerkt, daß ich nicht weiterkomme, wenn ich sie immer wieder sehe, und dann bin ich nicht mehr hingegangen. Jetzt telefonieren wir ab und zu, neulich habe ich sie auch getroffen, in einer Bar, da war sie mit einer anderen Frau, und für einen kurzen Moment, bevor Ginny mich entdeckte, konnte ich beobachten, wie sie diese Frau ansah, sie hatte einen Funken von diesem Glitzern in den Augen, von diesem gefährlichen Glitzern, und das hat mich nicht erstaunt, auch wenn es ein bißchen gebrannt hat in mir, aber es hat mich nicht erstaunt, weil ich weiß, daß ich dieses Glitzern auch noch in mir habe, man kriegt das einfach nicht raus. Ich würde auch nicht sagen, daß ich solche Sachen nie wieder machen werde, nein. Ich mache das bestimmt wieder, eines Tages; ich hoffe nur, daß ich es dann besser mache. Ich sage mir immer, daß ich beim nächstenmal besser aufpasse, aber dann denke ich manchmal, ich mache mir was vor – denn was ist, wenn ich mich wieder so verliebe wie in Ginny? Wenn man liebt, dann tut man Sachen, die man sich vorher nicht hat träumen lassen, das weiß ich genau, weil ich es erlebt habe, und da braucht mir wirklich niemand mehr zu kommen und sagen, daß man seine Grenzen kennen muß. Liebe ist grenzenlos.

Thank you

An der Kasse war ich dann doch ganz froh, daß ich noch den Arsch hochgekriegt hatte. Andernfalls hätte ich den Rest des Abends am Schreibtisch gehockt und zum zehnten Mal erfolglos versucht, den mißglückten Entwurf zu retten. Und am Ende wäre ich doch noch in einer Kneipe gelandet, wie jeden Abend in dieser Woche. Nein, es war gut, daß ich den Arsch hochgekriegt hatte. Wenn ich mich schon ablenken wollte, dann wenigstens vernünftig. Mit einem anspruchsvollen Film. „Götterdämmerung" hieß er, und er handelte von der Ost-Berliner Bohème in den fünfziger Jahren. Wie gesagt, ein anspruchsvoller Film eben. Für den ich gerade den Eintritt bezahlte.

Ich verstaute meine abgerissene Karte in der Hosentasche und stand am Eingang zum Saal, als noch jemand verspätet die Treppe heraufhastete und sich schwer atmend an die Kasse stellte. Es war eine Frau, und sie trug eine grüne Jacke, weite braune Knickerbockers mit dicken wollenen Strümpfen in der gleichen Farbe darunter und schwere Schnürstiefel. Eine Baseballkappe vervollständigte die Aufmachung, und trotz dieser burschikosen Kleidung war sie das femininste Wesen, das ich seit langem gesehen hatte. Es lag an ihrem Gesicht – sie hatte volle, aufgeworfene Lippen, die in interessantem Kontrast zu den hohen Wangenknochen standen, und die matt schimmernde braune Haut sah unglaublich weich aus.

„Thank you", sagte sie zur Kassiererin und drehte sich um. Ihre sehr dunklen Augen blieben an meinem Gesicht hängen, und ich setzte eine coole Miene auf. Aber ihr Lächeln hing mir nach, als ich weiterging. Ich fühlte mich geschmeichelt. Ich liebe es, wenn schöne Frauen mich anlächeln. Besonders, wenn ich eigentlich schlechter Laune bin. Es macht das Leben so – so anregend.

Ich vergaß die englisch sprechende Schönheit allerdings gleich wieder, als ich den Kinosaal betrachtete. Es war eigentlich kein Kinosaal, sondern eine Theaterbühne. Über die niedrige Decke und die Wände waren rote Samtvorhänge gespannt und verbreiteten das Gefühl, in einer Stofftruhe zu sitzen. Dick gepolsterte Sofas und Sessel mit buntgemusterten Brokatüberzügen, die allesamt nicht zueinander paßten, standen in unordentlichen Reihen dicht hintereinander. An der Stirnseite des Saales verdeckte ein dunkler Vorhang die Bühne.

Alles in allem faßte der Saal vielleicht 200 Zuschauer, und so viele waren vermutlich auch gekommen. Es waren kaum noch Plätze frei, und je länger ich zögerte, desto weniger wurden es. Schließlich erspähte ich etwa in der Mitte ganz rechts zwei unbesetzte Sessel und ging kurzentschlossen darauf zu. Das ältere Ehepaar am Anfang der Reihe machte mir freundlich Platz, aber dennoch stieß ich mit dem Knie an jeden einzelnen Sessel, an dem ich vorbeimußte, und als ich endlich ganz außen saß, hatte ich schon wieder fast schlechte Laune.

Das Licht flackerte und wurde dunkler, und noch bevor es ganz erlosch, tauchte plötzlich eine Gestalt am Ende unserer Reihe auf und begann, sich an den Beinen der Sitzenden vorbeizuschlängeln. Ich kniff die Augen zusammen, um besser sehen zu können, aber ich erkannte sie erst, als sie vor mir stand und den Mund öffnete. Ich kam ihrer Frage zuvor.

„Yes, it's free, you're welcome“, sagte ich. Sie sah etwas erstaunt aus, aber dann grinste sie breit.

„Thank you“, sagte sie, in exakt demselben Tonfall wie vorher an der Kasse, und dann setzte sie sich neben mich und schlug zufrieden seufzend die Beine übereinander.

Die Leinwand wurde hell, und der Film begann.

Vom Vorspann bekam ich nichts mit. Ich saß da und fing an, in meiner dicken Jacke zu schwitzen, aber ich brachte es nicht über mich, sie auszuziehen. Einerseits fand ich es spannend, daß diese Frau sich neben mich gesetzt hatte, andererseits paßte es mir überhaupt nicht. Denn jetzt konnte ich mich nicht so auf meinem Sessel herumfläzen, wie ich vorgehabt hatte. Wenn ich keinen schlechten Eindruck machen wollte, mußte ich mich gut benehmen.

Ich sinnierte eine ganze Weile vor mich hin, warum die bloße Gegenwart eines attraktiven Menschen, den man vermutlich nie wiedersehen würde und den man, sobald man ihn aus den Augen verlor, vermutlich sofort vergessen haben würde, warum also die bloße Anwesenheit eines attraktiven Menschen einen dazu brachte, sich ins bestmögliche Licht zu setzen, so als hinge das eigene Selbstwertgefühl davon ab, was dieser Mensch für einen Eindruck von einem hatte; dann merkte ich, daß mir Schweißperlen auf die Stirn traten, und ich entschloß mich, meine Jacke nun doch auszuziehen. Natürlich rempelte ich meine Nachbarin dabei an – anscheinend ist sowas im Kino unvermeidlich – und ich murmelte „excuse me“ vor mich hin und wand mich dabei aus den Ärmeln. Sie antwortete nicht, und das fand ich dann doch etwas unhöflich, ich sah kurz zu ihr herüber, und da entdeckte ich, daß sie mich anstarrte. Sie saß direkt neben mir und starrte mich an, in der flackernden Dunkelheit erkannte ich ihr Gesicht nur undeutlich, aber was ich erkannte, das waren ihre dunklen Augen, die mich forschend musterten, und ihr breiter Mund, der sich zu einem schiefen Lächeln verzogen hatte. Ich verharrte mitten in der Bewegung und starrte zurück. Sie lächelte mich an, und zwar auf eine Art, die mir klar machte, daß sie mich schon seit einer ganzen Weile beobachtet haben mußte. Verlegen faltete ich die Jacke in meinem Schoß und sah auf die Leinwand, auf der mittlerweile zwei ältere Herren zu sehen waren, die mit gewichtigen Mienen über irgendeine Begebenheit sprachen, die ich nicht mitbekommen hatte. Dem Anschein nach mußte es sich um eine nostalgische Anekdote aus dem Theatermilieu handeln, denn beide lächelten verklärt und deuteten mit schwungvollen Gesten auf den säulenverzierten Eingang eines Theaterbaus, der im Hintergrund zu sehen war. Ich spürte, daß meine Nachbarin mich immer noch ansah, und als ich endlich wieder einen Blick zu ihr hinwarf, hatte sie ihre Baseballkappe abgenommen, hielt sie im Schoß und spielte daran herum, während sie auf die Leinwand starrte. Ich nutzte die Gelegenheit und musterte sie ein wenig genauer. Sie war wirklich eine Schönheit. Sogar in dem schwachen Licht konnte ich die unglaubliche Länge ihrer Wimpern ausmachen, wenn sie zwinkerte, hoben und senkten sie sich wie seidige Fächer im Miniaturformat. Mit halbem Ohr hörte ich das Räuspern und Stühlescharren um mich herum, die knarzenden Stimmen der Schauspieler, das Summen des Projektors, und auf einmal war ich rundum zufrieden. Die friedliche Atmosphäre einer Ansammlung von Menschen, die alle zusammen still ihre gespannte Aufmerksamkeit auf das gleiche richteten, die leise Geräuschkulisse und diese schöne Frau neben mir, all das stimmte mich heiter. Ich lehnte mich tiefer in meinen Sessel und atmete langsam aus.

Meine Nachbarin lehnte sich ebenfalls zurück. Aus dem

Augenwinkel sah ich, wie sie ihren Arm auf die Lehne ihres Sessels legte, und ich betrachtete unauffällig ihre Hand. Nach einem Moment bewegte sie sich. Im Halbdunkel erkannte ich, wie die Knöchel hervortraten und wieder verschwanden, als sie die Lehne fester umklammerte, dann ließ sie locker, um gleich darauf wieder fester zuzugreifen. Fasziniert sah ich dem Spiel ihrer Finger zu. Sie ballte sie zur Faust, und zwar rhythmisch, im Takt. Verstohlen blickte ich zu ihr auf, und sie wandte mir das Gesicht zu und sah mir in die Augen, mit einem Blick, der mich noch tiefer in meinen Sitz gepreßt hätte, wenn das möglich gewesen wäre.

Wären wir in einer Disco gewesen, dann hätte ich in diesem Moment hundertprozentig gewußt, daß sie mich anmachen wollte. Sie sah mir tief in die Augen, und sie sah hungrig dabei aus. Aber wir waren nicht in einer Disco, wir waren in einem Kino. Und außerdem war es dunkel, ich konnte sie nicht richtig erkennen, und überhaupt, sicher irrte ich mich, ich bildete es mir bloß ein, nur weil ich sie ausnehmend anziehend fand, extrem anziehend sogar, wenn ich ehrlich war. Ich sah weg, dummerweise nicht auf die Leinwand, sondern auf die Säule rechts von mir, und als ich kurze Zeit später wieder zu ihr hinschaute, griente sie breit in den Kragen ihrer Jacke hinein. Und ihre Hand hing jetzt über die Lehne herab, kurz über meinem Knie. Und dann ging alles ganz schnell.

Im nächsten Moment fühlte ich, wie ihre Finger über meine Hand strichen und an der Innenseite meines Schenkels hinunterglitten, und dann spürte ich ihren Atem an meinem Ohr und weiche Lippen auf meinem Hals. Ihr Duft stieg mir in die Nase, weich und schwer, ein herber Duft, fast wie der eines Rasierwassers, ihre kurzen Haare kitzelten mich am Kinn, während ihre Finger sich in meinen Schenkel drückten. Ich wußte überhaupt nicht, wie mir geschah, ich weiß nur, daß ich sie dann ansah und sie sich zurücklehnte, ein seltsames Grinsen um den Mund, und ich spürte, wie sie meine Hand mitzog, auf ihr Bein legte, höherzog, noch höher, und dann preßte sie meine Finger in ihren Schritt, und ich fühlte die Hitze und Feuchtigkeit zwischen ihren Beinen durch den Stoff ihrer derben Hose hindurch. Sie sah mich noch einmal kurz an, bevor sie die Augen schloß und den Kopf zurücklehnte, und im nächsten Moment schob sie ihren Unterkörper vor und öffnete die Beine. Die ganze Zeit führte sie meine Hand, drückte meine Finger gegen ihre Schritt, rieb sie auf und ab, und ich ließ es widerstandslos geschehen. Ich glaube, ich dachte, es wäre ein Traum. Und ich begriff erst, daß es wirklich geschah, daß es Wirklichkeit war, als sie meine Hand losließ und ich einfach weitermachte. Ich sah, wie sie sich leicht über die Lippen leckte und schluckte, und sie sah völlig gelöst aus, vollkommen entspannt, so als wäre das ganz normal, und wir befänden uns nicht in einem dunklen Kino, sondern bei ihr zu Hause. Sie legte ihre Hände auf die Lehnen des Sessels und drückte den Unterleib gegen meine Finger, und langsam fand ich den richtigen Rhythmus. Und sie auch. Sanft wiegte sie sich mir entgegen, immer schneller, manchmal schob sie ihr Becken ein wenig seitwärts, und ich mußte nachfassen, und jedesmal stöhnte sie leise auf.

Niemand merkte etwas. Die ältere Dame rechts von ihr schaute unverwandt weiter geradeaus, und auch hinter uns blieb alles still. Mir wurde heiß und kalt bei dem Gedanken, daß irgend jemand bemerkte, was wir hier trieben, und zugleich kam das Ganze mir so absurd vor – ich war dabei, eine wildfremde, zufällig neben mir sitzende Frau zu befriedigen, mit der ich noch kaum ein Wort gewechselt hatte. Die feinen Härchen in meinem Nacken stellten sich auf, jeder Muskel meines Körpers spannte sich an, alle meine Sinnesorgane waren auf höchsten Empfang eingestellt. Und das Bewußtsein, daß zweihundert Leute dicht um mich herum versammelt waren, machte es nur noch spannender.

Sie nahm die Hände von den Lehnen, rutschte ein wenig tiefer und öffnete langsam den Schlitz ihrer Hose. Ohne zu überlegen, drehte ich mich halb zu ihr um, schob meine Hand von hinten in ihre Hose, bis ich ihre weichen Arschbacken spürte, und mit der anderen Hand glitt ich in ihren geöffneten Schritt. Sie stöhnte auf, und einen Moment verharrte ich angespannt, wachsam lauschend. Aber nichts geschah, niemand drehte sich zu uns um, keiner flüsterte uns eine Warnung zu, das einzige, was ich hörte, war das Dröhnen in meinen Ohren, das Rauschen meines siedenden Blutes, und dann ihre leise Stimme: „Come on..."

Sie war angespannt wie ein Flitzbogen, ihr ganzer Körper steif und verhärtet, und dann tastete ich tiefer und spürte ihre weichen, feuchten Lippen, das feine Haar, das sich um meine

Finger kringelte, und dann diese kleine harte Perle dazwischen. Ich fand sie sofort.

Ich weiß nicht, wie lange es ging, aber es muß eine Ewigkeit gedauert haben. Ich erinnere mich nur noch an dieses Rauschen und Dröhnen, ihren Geruch, und an ihr leises Seufzen. Schweiß lief mir den Rücken hinunter. Sie atmete schneller, und nach einer Weile fing sie wieder an, sich zu bewegen, langsam erst und dann schneller, und ich glitt mit ihr mit. Scharf sog sie die Luft ein. Ich hielt inne. Und dann machte ich weiter. Wie Wellen schaukelten wir auf und ab, vor und zurück, ohne Mißklang. Um uns herum war es ruhig, Altmännerstimmen knarrten aus den Lautsprechern, die Leinwand flackerte, Farben flimmerten durch das Dunkel, Formen verzerrten sich, Schatten schwamm durch die Luft. Ich schloß die Augen und öffnete sie, sah ihr Gesicht, dunkel im Dunkel, manchmal ihre Zähne, wenn sie die Lippen bleckte, das Weiß ihrer Augen, wenn sie mich ansah. Unter meinen Fingern bog sie sich mir entgegen, zitterte, entspannte sich, krampfte sich wieder zusammen, und ich machte weiter. Und dann, unvermittelt, bog sie den Hals weit zurück, preßte ihre Schenkel fest um meine Hand, ein Schauer durchlief mich, alles verstummte, die knarzenden Stimmen von der Leinwand schwiegen, und in dieser Stille, in diesem Moment, erklang ganz langsam ein leises Stöhnen, wurde lauter und lauter, und dann schrie sie auf. Sie wölbte sich vor, zuckte und sank zusammen, für eine Sekunde war alles wieder ganz still, und dann fing sie an zu lachen.

Ich war wie elektrisiert. Köpfe drehten sich unruhig suchend, überall war Bewegung. Ich duckte mich schnell, hörte das erstaunte Murmeln, das die wiedereinsetzenden Stimmen der Schauspieler übertönte.

Den Rest der Vorstellung saß ich tief in mich zusammengesunken da, starrte verlegen auf die Leinwand und versuchte, die Fassung wiederzugewinnen. Sie saß neben mir, hielt meine Hand fest in ihrem Schritt und lachte leise vergnügt vor sich hin. Als der Abspann kam, zog sie meine Hand aus ihrer Hose und machte sie zu.

Das Licht ging an. Die Leute standen auf, sahen sich gegenseitig an, verlegen und doch irritiert, mit gerunzelten Stirnen und erstaunten Mienen. Sie blieb sitzen und grinste mich an. „Thank you“, sagte sie leise. Ich lächelte schief.

Der Saal leerte sich rasch. Sie stand auf, setzte ihre Kappe auf und streckte sich. Dann ging sie los, und ich folgte ihr langsam, blieb ein Stück hinter ihr, peinlich darauf bedacht, unauffällig zu wirken. Am Ausgang drehte sie sich um und sah zu mir her. Sie ließ ein junges Pärchen passieren und sagte: „Sprichst du auch deutsch?"

Ich starrte sie an. „Was?"

„Ob du deutsch sprichst. Du hast bisher nur englisch geredet." Ihre Augen strahlten.

„Ich dachte, *du* sprichst nur englisch", sagte ich verdattert. „Du hast an der Kasse „thank you" gesagt, da dachte ich..."

Sie fing an zu lachen. Es war das gleiche fröhliche Lachen, das vorhin noch die Stille durchbrochen hatte, und die Leute drehten sich um und sahen uns an. Ich wurde knallrot.

Sie stemmte die Arme in die Hüften und lachte weiter. „Thank you!" sagte sie grinsend. „Das ist gut! Das ist wirklich gut!"

Ich wußte nicht, wo ich hinsehen sollte. Sie kam auf mich zu und legte ihre Arme um meine Taille. „Das war gut", sagte sie leise. „Gehen wir jetzt noch was trinken?"

Und das taten wir.

Der richtige Name

Sie war nicht leicht. Schwer lag sie auf mir, den Kopf seitwärts zwischen meine Brüste gelegt, und zog mit den Fingern die Linie meiner Hüfte nach. Ihr langes, gelocktes Haar fühlte sich an wie ein dichtes Vlies auf meiner Haut, und ich sog zufrieden die Luft ein. Es war nur ein Moment der Pause, gleich würde es weitergehen, weiter, als wir bisher gekommen waren, und die Vorfreude machte mich ganz betäubt. Ich konnte es kaum glauben, daß wir es tatsächlich taten, daß sie wirklich hier war, bei mir, daß sie sich vorhin, nach den langen Stunden in der Kneipe, nicht von mir verabschiedet hatte, wie die letzten Male, sondern mitgekommen war. Nein, sie war mitgekommen, und dann hatten wir uns gegenseitig ausgezogen, und dann hatten wir angefangen, es miteinander zu treiben, und die ersten Kostproben hatten mich bereits ganz außer Atem gebracht. Und gleich würde es weitergehen.

Sie räkelte sich leicht, und die Bewegung ihrer Hüften machte mich heiß. Ich griff in ihr Haar und zog sie weich zu mir herauf. Sie rutschte langsam auf mir nach oben, und meine Muskeln spannten sich an. Sie wandte mir das Gesicht zu und sah mich aus schrägen Augen an. „Sag es", flüsterte sie rauh.

Ich griff nach ihrem Hintern und legte eine Hand um die rundliche Wölbung. „Was?" flüsterte ich heiter.

„Sag mir, wie du heißt", sagte sie leise.

Ich stutzte, aber nur kurz. Ihr Hintern war so straff, fest und straff. Ich griff fester zu.

„Caroline", antwortete ich.

Sie hob den Kopf und betrachtete mich genauer. Ihr Blick war seltsam scharf. „Nein, nicht das. Sag mir, wie du heißt." Sie fing an, sich auf mir zu bewegen, und ich preßte mich ihr entgegen. Was meinte sie denn? Einen Spitznamen? Den hatte ich nicht. Aber vielleicht...

„Geliebte?" fragte ich, ohne ganz bei der Sache zu sein. Ihr Hintern fühle sich einfach zu gut an. Ich legte meine andere Hand auf die zweite Backe und drückte leicht zu.

Sie wand sich etwas schneller auf mir und stützte die Arme zu beiden Seiten meines Kopfes auf. Wieder sah sie mich an, mit zusammengekniffenen Augen. „Nein, den Namen. Sag deinen Namen."

Das verwirrte mich etwas, aber nicht allzu sehr. Ich war viel zu sehr mit ihrem Körper beschäftigt, der angefangen hatte, sich mir rhythmisch entgegenzubiegen. Kurz dachte ich nach. Hatte sie mich vielleicht irgendwie besonders genannt heute abend? Mir irgendeinen Namen gegeben? Da war doch etwas gewesen...

„Baby", schlug ich vor.

Ihre Reaktion war irritierend, aber sie erregte mich. Mit einem heftigen Stoß bumste sie mich mit dem Unterleib an, und ich stöhnte auf und schloß die Augen. Als ich sie wieder öffnete, starrte sie mich fordernd an. „Der Name!" befahl sie, und zur Bekräftigung kratzten ihre Fingernägel meine Taille entlang.

Ich wand mich vor wohligem Behagen, aber irgendwie war mir komisch zumute. Sie sah so ernst aus, fast ein bißchen böse. Offensichtlich ging sie davon aus, daß ich genau wußte, was sie von mir hören wollte, aber das war leider nicht der Fall. Sie spielte da irgendein Spiel, von dem ich anscheinend die Regeln nicht ganz mitbekommen hatte. Ich beschloß, so zu tun, als wäre mir das Spiel einfach zu dumm, als hätte ich ihr Besseres zu bieten als Fragen zu beantworten. Fest legte ich meine Arme um ihren Oberkörper und wollte sie zu mir herabziehen, aber sie machte nicht mit. Stur hielt sie sich über mir und funkelte mich an. Ihre Lippen waren ganz schmal. „Der Name! Sag ihn!"

Ich streichelte ihren Rücken, verführerisch, in sanften Kreisen, dann mit der ganzen flachen Hand, aber es nützte nichts. Sie war auf einmal steif wie ein Brett. Ich gab mir Mühe, nachzudenken. Welcher Name denn bloß? Vielleicht ihr eigener?

„Anita."

Sie wurde noch steifer. Also falsch getippt. Vielleicht einfach irgendeiner?

„Sabine?"

Jetzt sah sie noch verärgerter aus. Ich streichelte sie zärtlicher, aber ihre Haut schien jetzt hart wie Schuhleder, so angespannt war sie.

„Nicole?"

Ihre Augen waren zu Schlitzen verengt. Und außerdem machte sie keine Bewegung mehr mit, da konnte ich mein Becken noch so verlangend an ihr reiben. Ich fing an zu schwitzen. Welcher Name denn bloß?

„Jenny?“

Ihre Lippen verzerrten sich, nur war es leider kein Lächeln. „Der richtige Name!“ sagte sie harsch. „Der richtige Name!“

Ich dachte verzweifelt nach. Meine Hände hatte ihre Tätigkeit eingestellt und lagen wie zwei unnütze Fleischklumpen auf ihrem Rücken herum. Sie war richtig sauer, kein Zweifel. Das brachte mich ganz durcheinander. Wieso wußte ich denn nicht, was sie wollte? Das konnte doch nicht so schwer sein! Sie starrte mich wütend an, und ich starrte hilflos zurück. Es mußte doch irgendeinen Zusammenhang gegen, ich mußte mich nur erinnern, dann würde es mir bestimmt einfallen und alles würde wieder so sein wie vorher. Und weitergehen.

„Der Name!“ wiederholte sie fauchend. „Los!“

Verlegen lächelte ich und dachte fieberhaft nach. Tausend Namen fielen mir ein, tausend Namen ohne Bedeutung, ohne irgendwelchen Bezug zu ihr oder mir, aber einer war doch bestimmt darunter, der der richtige war. Ich mußte ihn nur finden... Dann hatte ich eine Idee. Hatte sie nicht ein paarmal ihre Ex-Freundin erwähnt, die, von der sie sich letzten Sommer getrennt hatte, weil sie immerzu Ärger miteinander gehabt hatten? Die, die trotzdem die aufregendste Frau gewesen war, der Anita bislang begegnet war, wie sie behauptete? Wie hatte sie noch gleich geheißen? Konnte es sein... Dann fiel es mir ein, und ich war bereits erleichtert, als ich die erste Silbe aussprach.

„Katharina“, sagte ich weich.

Einen Moment atmete sie tief ein, so tief, daß ich spürte, wie sich ihre Lunge auf meiner Brust ausdehnte, dann stieß sie die Luft wieder aus und mit ihr ein tiefes Grollen, das mich in meinen Grundfesten erschütterte. Im nächsten Moment sprang sie auf, ohne auf meinen schweißbedeckten, nach Liebe verlangenden Körper Rücksicht zu nehmen, schmerzhaft bohrte sich ihr Knie in meinen Oberschenkel, und mit einer Hand stützte sie sich auf meinem Bauch ab, so daß mir die Luft wegblieb.

„He...“, stöhnte ich verdutzt und richtete mich auf, aber noch bevor ich meine Sinne wieder ganz beieinander hatte, war sie schon in Hose und Stiefel geschlüpft und hatte sich die Jacke umgeworfen. Noch einmal sah sie zu mir her, wobei sie mit zusammengepreßten Lippen den Kopf schüttelte und leise, aufgebrachte Zischlaute von sich gab. Dann knallte die Tür, und ich konnte sekundenlang das Poltern ihrer Absätze auf der Treppe hören, während ich sprachlos vor Verwunderung und unfähig, mich zu bewegen, auf dem Bettrand saß. Wo ich auch erstmal sitzenblieb. Denn sie kam nicht zurück.

Ich weiß heute noch nicht, was sie eigentlich von mir hören wollte. Wie auch immer der richtige Name gelautet haben mag – ich jedenfalls habe ihn wohl nicht herausgefunden.

Bis sie bereit ist

Sie sieht gut aus, als sie mir die Tür öffnet. Sie hat Lippenstift aufgetragen und trägt eine Art Bustier in schwarz, das knapp über dem Bauchnabel endet. Über dem Rand ihrer kurzen schwarzen Lederhose ragt der Ring hervor, der durch die winzige Kuhle in der Mitte ihres Körper gezogen ist. Die schwarze Strumpfhose verschwindet in dicken Stiefeln.

- Hallo, sagt sie, und in ihrem Blick flackert kurz Erregung auf, die schnell wieder hinter einem trotzigen Ausdruck verschwindet. Ich spüre, daß sie bemüht ist, Langeweile und Gleichgültigkeit zu empfinden. Vom ersten Moment an möchte sie mich nicht anerkennen und will es doch. Ich stoße die Tür hinter mir ins Schloß.

Sie geht in die Küche. Ich gehe hinterher. Auf dem Tisch steht Bier. Und Gläser.

- Willst du was trinken? fragt sie. - Ich habe Bier.

Ich mustere die Gläser. Dann ziehe ich meine schwere Lederjacke aus und halte sie ihr hin. Sie begreift nicht gleich. Ich sehe sie nur an. Sie nimmt meine Jacke und geht hinaus.

Als sie zurückkommt, sitze ich in einem der beiden Stühle, die Beine auseinandergestellt. Sie will sich ebenfalls setzen.

- Nein, sage ich. Sie stutzt, sieht mich an.

- Hör mal, beginnt sie aufzubegehren, aber ich schneide ihr das Wort ab, indem ich auf die beiden Flaschen deute.

- Mach auf und schenke mir ein.

Sie bleibt stehen, öffnet die eine Flasche und gießt mir ein. Dann will sie ihr eigenes Glas füllen.

- Habe ich dir gesagt, daß du dir selbst auch eingießen kannst?

- Ich brauch' dazu ja wohl nicht deine Erlaubnis, entgegnet sie frech und senkt die Flasche. Blitzschnell ziehe ich sie ihr aus der Hand.

- Du darfst dir dann einschenken, wenn ich es sage. Aber zuerst läßt du die Hosen runter.

Sie ist brav, weil das Spiel neu ist. Folgsam knöpft sie ihre Hose auf, läßt sie rutschen und steigt heraus.

- Und wo gehört die Hose hin? frage ich.

Sie nimmt die Hose und legt sie auf den Stuhl.

- Nicht dahin. Leg sie auf den Boden.

Sie legt sie auf den Boden.

- Nicht dahin. Auf den Boden im Flur.

Sie zögert, dann geht sie und läßt die Hose im Flur auf den Boden fallen. Sie will zurück in die Küche, aber ich bin aufgestanden und versperre ihr den Weg.

- Ich habe gesagt, du sollst sie auf den Boden legen, nicht fallen lassen.

- Pöh, erwidert sie.

Ich dränge sie mit meinem Körper gegen die Wand. Ich sehe ihr in die Augen. – Ich befehle, und du gehorchst. So ist es abgemacht, und daran hältst du dich. Ist das klar?

- Dann bring mich doch dazu.

Sie ist mir zu aufsässig. Mit einer Hand drücke ich sie am Brustbein gegen die Wand, mit der anderen hole ich aus und scheuere ihr eine, nicht zu fest, aber fest genug.

- Los jetzt, sage ich und lasse sie los.

Sie sieht mich mit blitzenden Augen an, dann bückt sie sich und hebt die Hose auf, um sie wieder abzulegen.

- Noch ein Stück weiter.

Sie legt sie ein Stück weiter wieder hin. Ich sehe zu, wie sie sich bückt, und das gefällt mir. Aber es gefällt mir noch nicht ganz.

- Ich will deinen Arsch dabei sehen.

Sie sieht sich um und bückt sich, streckt mir ihren Hintern ganz weit entgegen.

- Ich sehe deinen Arsch nicht.

Sie streckt ihn mir noch weiter entgegen, aber dann begreift sie, ohne daß ich etwas sagen muß. Langsam, mit dem Rücken zu mir, zieht sie sich die Strumpfhose ein Stück weit herunter, und dann den wollenen Hüftslip. Jetzt kann ich ihre Arschbacken sehen, sie sind rosig und ein wenig spitz.

- Und jetzt legst du die Hose noch ein Stück weiter nach hinten.

Sie bückt sich wieder und tut, wie ich ihr gesagt habe.

- Noch weiter.

Sie bückt sich, richtet sich auf, bückt sich wieder.

- Noch weiter.

Sie bückt sich ganz in der Ecke des Flurs.

- Ins Klo.

Sie öffnet die Tür, legt die Hose auf den Boden vor die Toilette und sieht sich um.

Ich fasse hart in ihren Nacken und zwinge ihr Gesicht zur Wand.

- Du sollst mich nicht ansehen. Ich sehe dich an. Bück dich.

Sie beugt sich über die Kloschüssel.

- Tiefer.

Sie stützt sich mit den Händen auf dem Klodeckel ab.

Ich betrachte sie eine Weile, dann drehe ich mich um und gehe hinaus. Ich höre, wie sie sich aufrichtet und mir folgen will.

- Bleib da.

Sie verharrt. Ich wende mich um. Sie steht da und sieht mich an.

- Beug dich wieder runter, so wie gerade, los, mach schon.

Ihre Augen flackern. Jetzt hat sie das Spiel begriffen. Sie dreht sich um und stützt sich wieder mit den Händen ab. Ihre Arschbacken leuchten mir entgegen.

Ich gehe in die Küche, nehme einen Schluck Wasser in den Mund, gehe zurück. Sie steht immer noch so da. Ich gurgele das Wasser im Mund, dann spuck ich es ihr genau zwischen die Arschbacken. Sie stöhnt leise.

- Hab ich dir erlaubt, daß du irgendein Geräusch machen darfst? Mein Mund ist dicht an ihrem Nacken.

- Nein, flüstert sie.

- Bleib da, befehle ich. Dann gehe ich in die Küche zurück.

Ich sitze und rauche und trinke einen Schluck Bier. Im Klo ist es still. Nach einer Weile rufe ich sie.

- Komm her.

Sie kommt herein.

- Wie geht eine heiße Hündin? frage ich sie, als sie in der Tür ist.

- Hündinnen haben ein Halsband um, erwidert sie spöttisch.

- Erst, wenn ihre Herrin sie spazierenführen will, sage ich. Also, wie geht eine heiße Hündin?

Sie will sich niederlassen, aber ich hindere sie.

- Sag es.

- Was?

- Wie geht eine heiße Hündin?

Sie kapiert nicht schnell genug. Das paßt mir nicht. Ich werde ärgerlich, aber nur ein bißchen.

Endlich antwortet sie: – Auf allen vieren.

- Also?

Nun bückt sie sich, läßt sich auf Hände und Knie herunter und beginnt, in die Küche zu kriechen.

- Raus und nochmal von vorne.

Sie will aufstehen. Ich brülle: – Runter!

Sie bückt sich wieder.

- Raus.

Sie kriecht in den Flur, und ich sehe ihren Arsch, die Unterhose, die Strumpfhose, die sich zwischen ihren Knien verknäulen.

- Halt. Nicht umdrehen.

Sie hält inne, und ihr Kopf sinkt herab.

- Zieh deine Hosen da aus. Aber wage nicht, aufzustehen.

Sie setzt sich auf die Seite und zerrt an ihren Stiefeln, aber ich bin aufgestanden, stelle mich hinter sie und trete ihr leicht in den Hintern. – Du sollst knien dabei. Ich habe nichts von Hinsetzen gesagt. Knie dich hin.

Sie kniet sich hin und beginnt umständlich, ihre Stiefel auszuziehen. Zwischendurch sieht sie zu mir hoch. Ihr Blick ist immer noch aufmüpfig, um ihre Lippen zittert ein leichtes Lächeln, mit dem sie mir signalisieren will, daß sie mich nicht ernst nimmt. Das ist ein Spiel, sagt ihr Mund, du hast mir eigentlich gar nichts zu sagen, das ist nur ein Spiel, und glaub ja nicht, du kannst mir wirklich befehlen, ich mache sowieso, was mir paßt, und nichts sonst.

- Steh auf, sage ich leise.

Sie grinst und steht auf, einen Stiefel in der Hand, ein Strumpfhosenbein liegt schon auf dem Boden, das andere bedeckt noch ihren Unterschenkel. Sie steht und grinst mich an, sie ist ein wenig größer als ich, und ihr Lächeln geht jetzt von oben herab. Ich greife ihr spöttisches Kinn, fest greife ich zu, presse es zwischen meinen Fingern, mahle ihre Kiefer zwischen Daumen und Ziegefinger, ich habe Kraft in den Händen, und jetzt spürt sie das auch. Schmerz schießt in ihre Augen, mehr Schmerz, und bevor Tränen kommen, lasse ich los. Sie atmet auf, und schon knallt meine flache Hand gegen ihre Wange, rechts, links. Dann herrscht Ruhe.

- Und jetzt kniest du dich wieder hin und ziehst dir diese Lumpen da aus, und dann kriechst du raus und kommst wieder rein, und zwar ohne einen Fehler, klar?

Diesmal stellt sie sich gut dabei an. In Bustier und Stiefeln kommt sie hereingekrochen und macht zu meinen Füßen Halt, ohne aufzusehen.

- Willst du etwas trinken?

- Ja, flüstert sie.

- Wie heißt das?

- Ja bitte.

- Ja bitte was?

- Ja bitte, ich möchte etwas trinken.

Ich stehe auf und hole eine Schüssel. In die gieße ich ein wenig Bier und stelle sie vor sie auf den Boden.

- Trink, sage ich.

Für einen Moment sieht sie mich von unten herauf an, und ich lasse ihr das durchgehen, denn in ihren Augen sehe ich, daß sie endlich bereit ist. Bereit, zu folgen. Sie wird mir folgen, und wenn sie einen Fehler macht, werde ich sie bestrafen, ein bißchen, oder auch ein bißchen mehr, es kommt ganz drauf an. Und wenn sie brav ist, werde ich ihr vielleicht etwas geben, etwas, was sie sich wünscht, ich werde ihr etwas zustecken, eine kleine Belohnung, oder ich werde sie ihr reinstecken, eine große Belohnung, vielleicht ein wenig zu groß, vielleicht wird es ihr wehtun, und sie wird sich sträuben, aber das kann ich ihr leider nicht durchgehen lassen, in dem Fall werde ich sie eben wieder ein wenig bestrafen müssen, damit sie sich erinnert, wer hier die Hosen anhat, denn sie hat keine mehr an, und sie wird auch eine Weile keine mehr anhaben.

Ich hebe meine Füße und lege sie ihr auf den Rücken. Bequem ist das, und ich kann sehen, wie mein Absatz eine rote Kerbe in ihre zarte Haut drückt. Sie windet sich leicht, und deshalb drücke ich fester zu. Sie wird ganz steif, ihr Rücken wird hart, und unter ihren Arschbacken zieht sich ihre Fotze ganz leicht zusammen. Ich sehe genau hin. Die dicken dunklen Lippen glänzen leicht, aber nur ganz leicht. Sie brauchen noch ein wenig mehr Flüssigkeit.

- Trink, sage ich, und sie neigt den Kopf und beginnt, aus der Schüssel zu schlabbern, und mein Blick geht von ihrer Fotze zu ihrer Zunge und wieder zurück, und beide sind dunkelrot und feucht, und mit beiden werde ich gleich noch ein wenig Spaß haben, ein wenig, oder ein wenig mehr, nein, einen Haufen Spaß werde ich haben, einen gewaltigen Haufen, ich, und sie auch, wir beide, wir beide werden einen gewaltigen Haufen Spaß miteinander haben.

Heuchelmund

Eines Tages stellte ich fest, daß es mehr war. Es war mehr als nur Lust, mehr als nur das Verlangen, sie zu sehen, mit ihr ins Bett zu gehen, mit ihr zu ficken, mehr als die Sehnsucht nach diesem herausfordernden Blick, mit dem sie mich ansah, bevor sie mir mein Hemd aufknöpfte, mehr als nur der Hunger nach den aufreizenden Worten, die sie mir ins Ohr flüsterte, wenn ich mich unter den glatten Berührungen ihrer Hände wand. Es war mehr, und es war anders; ein ganz neues Gefühl begleitete mich seit Wochen, ich hatte es nur nicht bemerkt; und hätte ich es bemerkt, so wäre es mir absurd erschienen, wie etwas, das nur anderen Leuten passierte, von dem man las oder hörte, das aber nichts mit einem selbst zu tun hatte. Wochenlang hatte ich meine Gefühle im Rahmen des Normalen gedeutet und eingepaßt, logische Erklärungsmuster gesucht und auch gefunden – sie war eben besonders gut im Bett, wir paßten in dieser Hinsicht hervorragend zusammen, ergänzten uns prima, vielleicht fand ich sie schlicht und einfach besonders sexy, oder ich war gar etwas verschossen in sie –, aber an diesem Tag erkannte ich, daß es mehr war als all das. Ich war süchtig nach ihr.

Wir hatten uns auf einem Fest kennengelernt, das heißt, sie hatte mich kennengelernt. Es war auf einem Frauenfest gewesen, bei dem eine ganz besonders ausgelassene Stimmung geherrscht hatte – es wurde viel gelacht und getanzt. Ich war mit Lea und Cordula dort, und wir hatten schon mindestens eine Stunde lang abwechselnd miteinander zu fetzigen Country-Rhythmen getanzt, als ich ihren Blick auffing. Sie stand auf der anderen Seite der Tanzfläche, umgeben von ein paar Freundinnen, und sie trug ein weißes Hemd mit aufgestelltem Kragen und eine Lederweste darüber und sah einfach klasse aus. Es war nicht das erste Mal, daß ich sie sah; ich kannte sie seit Jahren vom Sehen, wie man sich eben so kennt, wenn man jahrein, jahraus in den gleichen Lokalitäten verkehrt. Natürlich kannte ich sie vom Sehen, schließlich war sie eine auffällige Frau. Sie sah außergewöhnlich gut aus, vielleicht sogar ein bißchen zu gut, und ich hielt es für möglich, daß allein das schon der Grund für ihren Ruf sein konnte – allgemein ging das Gerücht, sie sei arrogant und unnahbar, und gleichzeitig ein Hansdampf in allen Gassen, eine, die an jeder Hand fünf hatte. Ich hatte mich nie weiter für sie interessiert; in meiner Welt gab es andere Frauen, solche, die etwas Vernünftiges aus ihrem Leben machten, die Wert auf einen gehobenen Lebensstandard legten und mit denen man gepflegt essen gehen und zwei Wochen in Skiurlaub nach Luzern fahren konnte, und nach all diesen Dingen sah sie nicht aus. Sie sah nach etwas anderem aus, nach geheimnisvollen, vielleicht auch gefährlichen, verbotenen Dingen, und in diesem Moment, als ich ihren Blick auffing, schossen mir all diese Dinge durch den Kopf, und ich wandte mich ab, ohne zu reagieren. Und stellte fest, daß ich es doch tat – in meinem Bauch prickelte es.

Ich tanzte mit Cordula, dann mit Lea, und zwischendurch sah ich einmal zu ihr hin und entdeckte, daß sie mich immer noch beobachtete, immer noch mit diesem leichten Lächeln um den Mund herum, und beim zweiten Mal lächelte ich zurück. Ich tanzte das Lied mit Lea zu Ende, und als ich mich umdrehte, stand sie vor mir und öffnete die Arme, und ich schmiegte mich übergangslos hinein, und dann tanzten wir. Es war, als ob wir es vorher abgesprochen und hundertmal geprobt hätten, so gut paßte alles zusammen, sie hielt mich fest in den Armen, und ich drängte mich an sie und ließ mich führen, einmal stolperten wir, und sie lachte leise in mein Ohr, und ihr Atem machte mich ganz weich. Sie sagte mir ihren Namen, und ich nannte ihr meinen, mehr sprachen wir nicht, wir tanzten einfach weiter, ein Lied, noch eins, und dann noch eins, und als sie mich endlich losließ und ich auf wackeligen Beinen zu meinen beiden Freundinnen hinüberstelzte, die beide mit einem Ausdruck grenzenloser Verblüffung in den Gesichtern dastanden, stellte ich fest, daß ich feucht zwischen den Beinen war. Nicht nur feucht, sondern naß. Richtig naß.

Ich bin heute noch stolz darauf, daß ich mir nichts anmerken ließ, ich behielt die Fassung und amüsierte mich weiter mit Lea und Cordula, aber immer wieder sah ich zu ihr hin, und sie sah mich an. Ich spürte den Blick ihrer leuchtendblauen Augen auf mir, wenn ich mich unterhielt, wenn ich einen Schluck aus meinem Glas trank oder wenn ich zur Theke ging und bestellte. Ihre Blicke waren wie Hände, die mich anfaßten, abtasteten, mir die Kleider herunterzogen und über meine Haut strichen. Sie kam nicht mehr herüber, aber das machte nichts. Sie war ohnehin die ganze Zeit bei mir.

Dann kam sie doch, sie hatte ihre Jacke angezogen, und ihre Freundinnen liefen an uns vorüber zum Ausgang.

„Ich möchte dich näher kennenlernen", sagte sie schlicht und drückte mir einen Zettel mit ihrer Telefonnummer in die Hand. Und dann ging sie.

Ich ließ fast eine Woche verstreichen, bevor ich sie anrief, aber schließlich tat ich es, und wir verabredeten uns für den gleichen Abend. Ich schlug vor, essen zu gehen, und bot an, sie abzuholen, und als ich dann mit laufendem Motor vor ihrem Haus stand und zusah, wie sie herauskam, gerade, hochaufgerichtet, mit jenem charakteristischen Gang, der eine perfekte Mischung aus Trampeln und Schlendern darstellte – als ich sie sah, wurde mir übel. Vor Aufregung.

Sie kam um das Auto herum, stieg ein und sagte: „Freut mich, daß du angerufen hast", und ich konnte nicht antworten. Nichts – kein Wort. Meine Kehle war wund, mein Magen hüpfte auf und ab, und ich nickte nur und fuhr los. Sie sagte dann auch nicht viel – wir sind ohnehin beide recht schweigsame Typen, außer in bestimmten Situationen –, aber als wir das Restaurant erreichten, waren wir immerhin so weit aufgetaut, daß wir uns einigermaßen flüssig miteinander unterhalten konnten. Was wir im einzelnen sprachen, weiß ich nicht mehr, aber ich erinnere mich, wie erstaunt ich war, zu hören, daß sie ein abgeschlossenes Politologiestudium hinter sich hatte und jetzt als freie Journalistin arbeitete. Sie deutete meinen verwunderten Blick richtig. „So sehe ich gar nicht aus, wie?" fragte sie grinsend, und ich mußte verlegen lachen. Sie hatte recht. „Weiß ich", sagte sie zufrieden und aß weiter. Ich sah ihr dabei zu, und mit jedem Wort, das sie sprach, mit jedem Lächeln, das sie mir zuwarf, mit jeder Geste, die sie machte, mit jeder Sekunde gefiel sie mir mehr. Ich fand sie toll.

Normalerweise bin ich ziemlich zurückhaltend, mich reizt die anfängliche Spannung, das langsame Aneinander-Herantasten, bevor man schließlich zusammen ins Bett geht; meistens finde ich die Vorfreude sogar erregender als das eigentliche Geschehen, aber diesmal lief alles anders. Ich sah auf ihre Finger, als sie sich eine Zigarette anzündete, und stellte mir vor, wie diese Finger mich anfaßten, und plötzlich wollte ich es sofort. Wir hatten uns kaum in der Bar, in die wir nach dem Essen gefahren waren, hingesetzt, sie hatte noch nicht einmal von ihrem Bier getrunken, sie sah mich an und sagte: „Prost", da beugte ich mich vor und küßte sie. Und sie küßte mich.

Und wie sie mich küßte! Ihr Mund war wie eine Höhle, in der Flut und Ebbe stiegen und fielen, und ich stieg und fiel mit. Ich klammerte mich an sie, ich wußte nicht, wohin ich zuerst fassen sollte, ihr Körper war warm und fest in meinen Händen, ich fühlte ihre Kleidung wie ein Hindernis, das ich am liebsten fortgerissen hätte, und dann doch wieder nicht, weil es ein so köstliches Hindernis war, ein so vielversprechendes. Und so wand ich mich, rieb mich haltlos an ihr und schnappte nach Luft, wenn ihr fordernder Mund mir eine Pause gönnte. Sie hielt mich fest, ihre Arme schienen zwei- oder dreimal um mich geschlungen zu sein, ich konnte mich kaum mehr bewegen, eingeklammert zwischen ihren Beinen, und sie sah mich an, mit diesen leuchtendblauen Augen sah sie mich an, unter dunklen Wimpern und schrägen Brauen hervor, und ich beeilte mich, sie wieder zu küssen, damit sie mich nicht mehr ansehen konnte. Denn ihr Blick machte mich nackt, und zu diesem Zeitpunkt wollte ich noch nicht nackt vor ihr sein. Ich wollte abwarten, mich nicht gleich gehenlassen, mich nicht rollig auf sie stürzen wie eine Frau, die seit zehn Jahren keinen Sex mehr hatte – aber dann tat ich es doch. Und es war fantastisch.

Mir wird heute noch schummerig, wenn ich an diese erste Nacht denke. Es war eine Kostprobe, ein Vorgeschmack auf etwas, das besser schmeckte als alles, was ich zuvor probiert hatte. Was Affairen angeht, so bin ich überzeugt, daß man gleich beim ersten Mal erahnen kann, was sexuell drin ist. Natürlich, manchmal gibt es auch erstaunliche Überraschungen – vielleicht stellt man nach einer Weile fest, daß doch ganz andere Sachen möglich sind, vielleicht entwickelt sich erst nach langer Zeit das Vertrauen und die Lust, zu experimentieren und weiterzugehen, vielleicht gibt es in der Tat so etwas wie eine plötzliche Explosion der Leidenschaft und Liebeskraft, mag sein, brachliegende Felder blühen auf, wo Steine und Ödnis herrschten, soweit das Auge reichte, wachsen dann Blumen und kräftige, grüntriebige Bäume, jung und zäh – aber mir ist das noch nie passiert. Ich glaube, die Dinge sind von vorneherein festgelegt in ihren Grenzen. Für alles gibt es Grenzen, jedenfalls nach oben hin. Und eigentlich ahnt man sie gleich. Ich jedenfalls.

Ich meine, ich bin sowieso recht sparsam mit dem, was ich von mir fortgebe – ja sicher, zwischen geben und fortgeben ist ein Unterschied, zweifellos, das ist mir klar, aber wenn ich den Ausdruck fortgeben benutze, so ist das nicht zufällig. Alles, was ich von mir zeige und damit gebe, gebe ich fort. Ich habe noch nie etwas davon wiedergesehen. Und ich mag mich nicht freiwillig bestehlen lassen. Wie gesagt, ich bin sparsam, ich bin zum Beispiel eine, die eher macht als machen läßt; bis ich jemand anderen richtig an mich heranlasse, wenn ich es überhaupt tue, dauert es eine Weile, und ich vermute, das liegt daran, daß ich insgeheim kaum einer Frau zutraue, daß sie mich tatsächlich befriedigen kann – oder sagen wir lieber: mir tatsächlich gewachsen ist.

Wie gesagt, für gewöhnlich spüre ich die Grenzen, und das beruhigt mich immer sehr – aber in dieser Nacht, in dieser ersten Nacht mit ihr, in dieser Nacht spürte ich nichts dergleichen. Nichts. Und das Erstaunliche daran war, daß es nicht etwa bedeutete, daß ich die Grenzen noch nicht entdeckt hatte und es umso spannender sein würde, herauszufinden, wo sie liegen würden. Nein, ich spürte, daß keine Grenzen da waren. Es gab keine Grenzen, sie waren nicht etwa irgendwo und warteten darauf, entdeckt zu werden – es gab sie einfach nicht. In dieser ersten Nacht, als ich ihre Arme um mich spürte, ihr meinen Arsch entgegenstreckte und sie bat, mich zu ficken, als ich ihre Finger in mir spürte und nicht wußte, wie viele es waren, nur daß sie mich ausfüllten, sich in mich bohrten mit einer Heftigkeit, die mich fast zerriß, und als ich sie nach mehr anflehte und sie mich anlachte und mir ihr Knie in den Solarplexus drückte, bis ich Sterne sah, in dieser Nacht ahnte ich nur, daß etwas mit mir geschah, was ich nie gewollt hatte und nun umso mehr wollte, etwas, das mich hinauswarf in eine Welt, in der mir nichts mehr Halt bieten würde außer der Griff ihrer Hände und die Worte, mit denen sie mich von Zeit zu Zeit leise in das Hier und Jetzt zurückrief.

Nicht etwa, daß ich gekommen wäre, nein, das geschah erst später, und selbst wenn – es hätte wohl auch gar keine Rolle gespielt. Von dem Moment an, wo ich mit ihr aufs Bett fiel und ihr mit gierigen Fingern unters Hemd fuhr, an ihrem Gürtel riß und immer wieder nach ihrem Mund suchte, nach jener Fluthöhle, in der es längst keine Ebbe mehr gab, von dem Moment an bis zu jenem Augenblick, in dem ich vollkommen erschöpft unter ihr lag und mit bebenden Fingern die schweißbedeckten Muskeln an ihrem Rücken entlangfuhr, die unter meinen Berührungen noch leicht nachzuckten, diese ganze Zeit über war ich wie von Sinnen, in einem Rausch aus Atem und Körper, in einem Zustand, der nichts als Fühlen übrigließ, und selbst das war mehr, als ich halten konnte. Ich fühlte mich wie eine Molluske, die sich streckt und zusammenzieht, in einem ganz eigenen Rhythmus, ohne Denken, ohne Verstand und Kontrolle, nur im Reagieren auf Berührung lebendig.

„Hui“, sagte sie leise und strich mir über eine schweißnasse Wange, „was bist du denn für eine?“

„Was?“ fragte ich, weil ich nicht begriff, was sie sagte. Ich hörte ihre Worte, aber ich verstand sie nicht.

„Ganz schön heftig“, sagte sie und biß mich leicht ins Ohrläppchen.

„Ha“, antwortete ich sinnlos.

Sie hob den Kopf und sah mir in die Augen. „Wer hätte das gedacht?“ Sie musterte mich nachdenklich. Und ich fiel in ihre Augen hinein.

„Was bist du denn für eine?“ wiederholte sie, und ich fiel immer noch.

„Eine“, sagte ich dann, und sie fing an zu grinsen.

„Nein, nicht eine. Du.“

Und ich konnte nichts tun, außer zu seufzen, tief und von ganz innen heraus, und als ihre Finger zwischen meine Brüste und dann weiter hinunterglitten, da seufzte ich noch lauter. Und dann noch lauter. Und ich fiel immer noch.

Anfangs machte ich mir keine großen Gedanken um das, was zwischen uns geschah. Ich genoß es einfach.

Wir trafen uns sporadisch, gingen essen oder was trinken, und dann fuhren wir nach Hause, zu ihr oder zu mir, wo wir uns, kaum daß wir durch die Tür waren, wild aufeinanderstürzten. Ich war jedes Mal wieder überrascht, wie naß ich war. Schon Stunden, bevor ich sie traf, wurde ich feucht bei dem Gedanken, sie später zu sehen, und wenn wir dann irgendwo saßen, war mir, als ob ich vor Geilheit triefte.

Die ersten Stunden unserer Treffen waren nichts als ein Vorspiel – ein Vorspiel zu dem, was wir später ausgiebig treiben würden. Zwar unterhielten wir uns miteinander, sprachen über dies und das, aber im Grunde waren es unsere Augen, unsere Körper, die sich miteinander unterhielten. Manchmal spürte ich überdeutlich, daß die Fragen, die sie mir stellte, die Antworten, die ich ihr gab, und das muntere Geplauder, zu dem jede von uns ihren Teil beitrug, daß all das nichts als Fassade war, eine Fassade, die wir gemeinschaftlich miteinander aufbauten, um den Reiz zu erhöhen und den Schein zu wahren. In unseren Gesprächen hörte sie mir genausowenig zu wie ich ihr, das heißt, wir hörten uns schon zu, aber nicht unseren Worten. Sie sah mich an, mit jenem aufmerksamen Ausdruck in den Augen, der auf Konzentration hindeutete – und ich wußte, sie war aufmerksam, aber ihre Aufmerksamkeit richtete sich nicht auf das, was sie hörte, sondern auf das, was ich ihr zeigte. Sie hörte über meine Worte hinweg in mein Inneres, lauschte auf ein Echo, das ihr entgegenschallte, so wie auch ich dem Echo lauschte, das ich in ihr hervorrief. Es war kein Desinteresse, sondern höchstes Interesse an etwas Wesentlichem, und im Vergleich dazu waren Worte nur Oberflächlichkeiten. Und sie wußte das genausogut wie ich.

Es war, als ob wir auf unsichtbare Signale lauschten, die wir einander gaben, Signale, die von einer triebhaften, sehr ursprünglichen Kraft in uns gelenkt und ausgesandt wurden, und wir reagierten immer darauf, fast instinktiv. Wenn sie die Hand hob, um etwas, das sie sagte, gestisch zu unterstreichen, schob ich ihr automatisch meine Schulter entgegen, wenn sie sich Bierschaum von den Lippen leckte, glitt meine Zunge von innen über meine Zähne, und wenn sie auf ihrem Stuhl nach vorne rutschte, rutschte auch ich nach vorn, und in meiner Vorstellung wurde die Sitzfläche meines Hockers zu ihren Händen, die meinen Arsch gepackt hielten. Jede Bewegung, die sie machte, war ein erotisches Signal für mich, jede Geste eine Verheißung, jeder Blick ein Streicheln, und wenn sie sprach, hörte ich dem Tonfall ihrer Stimme nach, jedes Heben und Senken, jede Nuance war ein Klang aus einem Lied, ein Lied, in dem ich mich später wiegen würde.

Ich glaube, ich habe mir von allem, was sie mir zu Beginn

erzählte, nichts wirklich gemerkt, für mich war sie Sex, und so lernte ich zuerst nicht sie kennen, sondern ihren Körper.

Einmal, wir saßen uns in einer Bar auf zwei Hockern gegenüber, verstummte sie plötzlich und sah mich scharf an. „Du denkst nur an das eine“, sagte sie leise.

Ich dachte gar nicht daran, es zu leugnen. „Ja.“

Sie nahm ihre Bierflasche fest in die Hand. „Mach die Beine breit.“

Ich hatte die Knie übereinandergeschlagen, und nach einem Moment nahm ich sie auseinander. Sie fixierte mich.

„Bist du naß?“

„Ja“, sagte ich. Das Blut schoß mir ins Gesicht. Sie hob die Flasche und setzte sie an die Lippen, aber sie trank nicht, stattdessen fuhr sie langsam mit der Zunge über den Rand der Öffnung. Unwillkürlich bewegte ich mich. Sie lächelte.

„So ein warmes Loch“, sagte sie und leckte wieder am Hals der Flasche, immer im Kreis. Ihre Augen leuchteten im dämmerigen Licht. Ich sah ihr zu und meinte, ihre Zunge zu spüren, wie sie langsam um meine Fotze kreiste, mit sanftem Druck, immer im Kreis, und dann fester, und wieder leichter, so langsam...

Ich schlug die Beine wieder übereinander, aber ihre Hand schob sich dazwischen und drückte sie wieder zurück. Ich rutschte nach vorn, hin zu ihrer Hand, wollte sie spüren, aber sie zog sie fort.

„Schade, he?“ sagte sie und leckte wieder an der Flasche. „Ich faß dich nicht an. Jetzt nicht. Sieh mir zu.“

Und ich sah zu, saß mit gespreizten Beinen auf dem Hocker und sah ihr zu, wie sie mit dieser verdammten Flasche das tat, was sie mit mir tun sollte. Mich sollte sie lecken, mich, meine heiße Fotze, ich würde alles tun, was sie wollte, ich würde die Beine öffnen, so weit es nur ging, ich würde sie spreizen und mit meinen Händen auseinanderzerren, bis es mir wehtat, wenn sie mich nur lecken würde, lecken, mich lecken, mich saugen, aussaugen, jeden Tropfen...

„Später“, sagte sie ruhig und grinste. Und dann bestellte sie noch ein Bier.

Sie forderte mich ständig heraus. In ihren Augen lauerte eine Triebhaftigkeit, die nicht zu stillen war, in den Falten entlang ihrer Nasenwurzel, in der Wölbung ihrer Lippen sah ich ein Fordern, daß mich bis zum Äußersten reizte. Ihr Körper sprach zu mir. Ihr Körper...

Noch nie hatte ich mit einer Frau geschlafen, die dermaßen muskulös und weich zugleich war. Wenn ich sie anfaßte, wenn ich meine Hand gegen ihren Brustkorb stemmte und leicht drückte, und wenn ich dann spürte, wie sie sich mir entgegenbewegte, dann überkam mich das Verlangen wieder und wieder, so unauslöschlich wie die Flamme einer jener Scherzartikelkerzen, die sich immer wieder von selbst entzünden, nachdem man sie gerade ausgepustet hat.

Eigentlich habe ich nie so besonders auf die Körper meiner Geliebten geachtet – die meisten gefielen mir, dieser oder jener Körperteil besonders, ein anderer weniger, aber eigentlich kam es mir nie so besonders darauf an, in was für einem Körper die Frau steckte. Ich glaube, bis zu dem Tag, an dem ich sie kennenlernte, habe ich hauptsächlich die Augen der Frauen geliebt, das, was ich darin aufschimmern sah, ich habe ihren Geist geschätzt, ihre Art gemocht, ihr Lachen und ihre Gedanken, und der Rest, der war nicht so wichtig. Beiwerk, manchmal schön, manchmal weniger. Aber bei ihr war es anders.

Plötzlich verstand ich, was es bedeutete, wenn einen der Anblick eines Arsches so geil macht, daß man sich beherrschen muß, um nicht hinzufassen.

Beim Gedanken daran, was alles in diesem Körper steckte, wurde mir schwindlig. All diese Kraft, diese angespannten Muskeln, diese unglaubliche Ausdauer, mit der sie sich neben und unter und auf mir bewegte und noch einmal zustieß und noch einmal und dann wieder, bis sie sich auf den Rücken warf und mir befahl, mich auf sie zu setzen, und ich tat es und rutschte auf ihrem hartweichen Bauch vor und zurück, rutschte auf meinem eigenen Saft, krallte meine Finger in ihre Schenkel und stützte mich ab, und wenn ich ermüdete, trieb sie mich wieder an, mit geflüsterten Worten, mit einem Kratzen der Nägel, mit einem Blick, einem einfachen Blick.

Wie gesagt, anfangs machte ich mir wenig Gedanken um das, was zwischen uns war. Es genügte mir, sie ab und zu zu sehen, mit ihr Sex zu haben, lange, lang, die ganze Nacht hindurch, und dann ein paar Stunden oder auch gar nicht zu schlafen, bevor ich zur Arbeit mußte. Nie hatten wir klären müssen, welche Ansprüche eine von uns an die andere hatte.

Sie waren ohnehin gleich. Es ging uns um Sex. Und davon, so merkte ich, konnte ich nicht genug kriegen.

Ich dachte immer mehr an sie. Eigentlich dachte ich andauernd an sie – wenn ich Pause hatte, wenn ich irgendwo langfuhr, wenn ich spazierenging oder im Kino saß – zwischendurch kam sie mir immer wieder in den Sinn. Ich dachte daran, was wir das letzte Mal im Bett gemacht hatten, und an das, was wir das nächste Mal tun würden, und meine Phantasien entzündeten sich immer wieder neu. Ich hatte nicht geahnt, daß eine solche Begier in mir schlummerte, solch eine Sehnsucht nach mehr. Ich, deren Sexualleben vorher mehr oder weniger auf die Standardversionen beschränkt gewesen war – streicheln, ficken, lecken, und alles im Bett –, ich malte mir plötzlich aus, wie es wäre, von ihr auf dem Klo einer Bar gefickt zu werden, oder gefesselt an einer Türklinke, oder wie es wohl wäre, ihre Kehle zu drücken, bis ihr die Luft wegblieb, ich wollte sie kratzen, beißen, mit Wachs beträufeln, es in der Badewanne treiben, quer überm Schreibtisch, im Stehen, im Sitzen, in der U-Bahn, auf dem Autositz mitten auf der Straße im Tageslicht, ich wollte nackt unter einem Mantel neben ihr im Kino sitzen und ihre Hand tief in mich führen, ich wollte Strapse tragen und Ketten und in ihre Arme ritzen, wenn sie mich hielt.

Nach einer Weile fing sie an, mich ab und zu auf der Arbeit anzurufen, und jedesmal, wenn meine Sekretärin ihren Namen sagte und sie zu mir durchstellte, wurde mir ganz warm. Ich lächelte schon, bevor ich den Hörer abnahm, und mein Lächeln wurde breiter und breiter, wenn ich ihre Stimme hörte.

„Na, mein Heuchelmund“, sagte sie weich. Das war ihr Name für mich. Sie nannte mich Heuchelmund, weil sie der Meinung war, daß die Komplimente, die ich ihr machte, nicht meiner Überzeugung entsprachen, sondern meiner Gier, sie herumzukriegen.

„Bist du fleißig? Ich hoffe, du faulenzt nicht wieder.“

„Ich? Ich faulenze nie, das weißt du doch.“

„Woher denn? Ich sehe dich ja nur bei gewissen Gelegenheiten, und da neigst du ab und zu schon zur Faulheit.“

„Was? Das ist absolut nicht wahr.“

„Beweis es mir.“

Jetzt grinste ich so, daß mir die Wangenmuskeln schmerzten. „Gerne – wann?“

Wenn wir dann aufgelegt hatten, saß ich eine ganze Weile still da und dachte an sie. Und zwischendurch auch. Oft rutschte ich auf meinem Ledersessel herum und stellte mir vor, daß nicht ich auf dem Polster des Sessels saß, sondern sie, und ich auf ihrem Schoß. Und in meiner Vorstellung legten sich ihre Arme eng um meinen Bauch und drückten zu, und ich sah, wie ihr Schenkel sich zwischen meine Beine schob und ich darauf ritt, langsam dem rhythmischen Druck ihrer Arme gehorchend.

So war es meistens. Sie rief an, und fast immer lagen wir noch am selben Abend zusammen im Bett und fickten, was das Zeug hielt. Und nachdem ein paar Wochen vergangen waren, fiel mir auf, daß der Spaß daran nicht abgeflaut, sondern mehr geworden war, mehr und mehr und mehr. Und auch unsere Treffen wurden häufiger.

Nie vergesse ich die Nacht, in der sie zum ersten Mal kam. Es war das fünfte oder sechste Mal, daß wir uns sahen, und vorher hatte sie alle meine Versuche, sie ausgiebig zwischen den Beinen zu berühren, selbstsicher und konsequent vereitelt, indem sie mich anfaßte und führte. Ich konnte gar nichts dagegen tun, wenn sie mich anfaßte, war es, als ob ich dahinschmolz. Unweigerlich war ich abgelenkt... aber in dieser Nacht nicht. Ich schob meine Hand zwischen ihre Schenkel und fühlte die köstliche Nässe, so viel, daß sie auf mich herabtropfte, denn sie lag auf mir. Sie ließ mich gewähren, dann stützte sie sich langsam auf Knie und Ellenbogen und hob sich ein wenig von mir ab. Ich dachte, sie würde sich zur Seite rollen, aber das tat sie nicht, sie blieb da, wo sie war und sah mich an, unbeirrbar, und ich faßte sie weiter an, glitt mit einem Finger zwischen ihre heißen Lippen und streichelte sie, und sie sah mich an, in meine Augen und auf meinen Mund, tastete mein ganzes Gesicht mit Blicken ab, und nach einer Weile hatte ich den Eindruck, daß sie durch mich hindurchsah, und ich begriff, daß sie nicht sah, sondern lauschte, sie lauschte durch mich in sich hinein, ihr Mund war leicht geöffnet, ihr Atem kam in kleinen flachen Stößen heraus, und die ganze Zeit über sah sie mich an, aufmerksam, gespannt, lauernd, wie ein wachsames Tier.

Ich machte weiter, probierte, unsicher, was und wie sie es

wollte, denn sie gab mir kein Zeichen, nicht eins, lauschend hockte sie über mir und schwieg, doch als ich schneller werden wollte, sagte sie: „Langsam." Und immer wieder: „Langsam." Und nach und nach fühlte ich mich in sie hinein, ich merkte es an der Art, wie sie leicht, ganz leicht nur den Mund verzog, wie ihr Blick sich vertiefte und zugleich sich zurückzog, irgendwo in sie hinein, in eine Tiefe, aus der das Lauschen als Donner zurückkam.

Und dann waren da kleine Bewegungen, ihre Hüfte schob sich ein winziges bißchen mit, ihr Atem ging schneller, der Griff ihrer Hände um meine Schultern wurde fest, sie schloß die Augen, öffnete sie weit, sah mich an, durch mich hindurch, in sich selbst hinein, sie fing an zu beben, zart, und dann stärker, und Schweißperlen traten auf ihre Stirn und fielen auf mich hinunter, in meinen Mund, auf meine Nase, und dann, ganz plötzlich, dann kam sie. Tief stöhnte sie auf, zitterte heftig, hielt sich noch einen Moment, dann sackte sie auf mir zusammen und stöhnte noch einmal, und ich grub mein Gesicht in ihren warmen Hals und preßte sie an mich. Und ich glaube, in diesem Moment begriff ich, daß ich sie nicht mehr loslassen konnte. Weil sie mich hielt, und ich hielt sie auch.

Lea fragte mich, ob ich verliebt sei. Nein, sagte ich, ohne zu zögern.

„Nein?" Sie glaubte mir nicht.

„Nein."

Lea sah mich argwöhnisch an. „So oft, wie ihr euch seht – hast du denn nie Herzklopfen?"

„Doch. Doch, ich habe Herzklopfen."

„Und trotzdem meinst du, du bist nicht verliebt? Versteh' ich nicht."

Natürlich verstand sie das nicht. Für Lea gab es nur Liebe oder Lust, oder Liebe und Lust, und Lust und Herzklopfen war Liebe. Wie sollte ich es ihr auch erklären? Es stimmte, ich hatte Herzklopfen, und nicht nur, wenn ich sie sah. Ich hatte Herzklopfen bei dem Gedanken, sie zu sehen, mit ihr zu sprechen, ihre Stimme zu hören, sie zu berühren, von ihr berührt zu werden. Immer noch zitterten meine Hände, wenn ich für sie die Autotür öffnete, während sie aus dem Hauseingang kam, auf mich zuging und dabei auf diese ganz bestimmte Art lächelte; immer noch ging mein Atem zu schnell, wenn ich sie begrüßte, waren meine Bewegungen hastig und ein wenig fahrig, immer noch brauchte ich eine ganze Weile, mich zu beruhigen, souverän zu sein, wenn ich sie traf. Aber nicht einmal, nicht ein einziges Mal in all diesen Wochen, seit sie in mein Leben getreten war und ich in ihres, nicht ein einziges Mal hatte ich ernsthaft geglaubt, daß das, was sie so aufregend machte für mich, mehr sein könnte als das eine – Sex. Wenn, ja wenn ich verliebt war, dann in ihren Körper, in ihre Leidenschaft, in das, was sie mit mir tat. Aber Verliebtsein – nein, diese ganzen Gefühle, die daran gekoppelt waren, diese Sehnsucht nach innerer Bindung, nach Zweisamkeit, Vertrauen und Zukunft, die hatte ich nicht. Ich war geil auf sie, das war es, unendlich geil auf sie, und deshalb klopfte mir das Herz. Was wußte ich denn, wie lange es dauern würde, wie ein Fieber hatte die Lust mich gepackt, wie ein Fieber, gegen das nur ein einziges Mittel half: Sex, Sex und nochmal Sex. Und wenn das nichts half – klang nicht jedes Fieber irgendwann wieder ab, brannte sich aus?

Kurzum, ich war nicht in sie verliebt, ich war geil auf sie.

Lea wartete immer noch auf eine Antwort, und ich wußte immer noch nicht, wie ich es ihr erklären sollte. Sie hätte es mir ja doch nicht geglaubt.

„Mal sehen", sagte ich, „mal sehen, was noch draus wird. So lange kenne ich sie ja noch nicht."

Lea sah zweifelnd drein. Dann beugte sie sich vor. „Also ganz locker, das Ganze, he? Hat sie – hat sie eigentlich noch was anderes zu laufen? Oder bist du die einzige?"

Ich zuckte die Achseln. „Keine Ahnung. Hab' ich sie nicht gefragt."

Da nickte Lea, und ich erkannte, daß ich mit diesem Satz meine Glaubwürdigkeit untermauert hatte. Wenn ich noch nicht mal wußte, wenn ich noch nicht mal nachgefragt hatte, ob da noch eine andere im Rennen war, dann war ich wohl wirklich nicht verliebt.

„Na dann", sagte Lea und schwieg vielsagend. Ich auch.

Schließlich fragte ich sie. „Gibt es noch andere?"

„Warum willst du das wissen?"

Ich sagte: „Einfach nur so."

Sie lachte. „Niemals nur so." Und dann: „Ja."

Ich war nicht schockiert, nicht einmal überrascht. Nie war ich davon ausgegangen, die einzige Frau in ihrem Leben zu sein – warum auch? –, ich hatte nur einfach nicht daran gedacht. Ich lag da, betrachtete ihr Gesicht, das aufmerksam meine Reaktion zu erkunden versuchte, und überlegte, wie in aller Welt sie es vermochte, neben dieser Leidenschaft, mit der sie mit mir zusammenkam, noch die Energie für eine andere Geliebte aufzubringen, und wie sie die Zeit dafür fand.

Neidlos und ohne Kummer erkannte ich an, daß ihre rastlose Triebhaftigkeit sie dazu drang und befähigte, mehr zu wollen, zu brauchen als eine, als mich. Und daß es diese Unersättlichkeit in ihrem Wesen war, die mich so reizte. Von der sie mir gab. Von der mehr da war, als ich nehmen konnte. Nur das verstimmte mich – konnte ich weniger nehmen, als sie geben konnte? Und so entstand jener Wille in mir, den ich erst später verstand: Ich wollte mehr. Mehr können. Und das trieb mich an.

Sie schob sich dicht an mich heran und glitt mit der Hand zwischen meine Arschbacken, ein Finger dort, wo sie sich berührten. „Du hast da ein Loch, und ich will es stopfen", sagte sie dunkel, und es tat nur kurz weh, als sie eindrang, glatt und mühelos eindrang in jene Tiefe, in der niemand zuvor gewesen war. Es tat nur kurz weh, und dann war es köstlich.

„Du willst nur meinen Körper", sagte sie einmal lächelnd. Ich nickte, eigentlich, um sie zu reizen, aber – stimmte es nicht? War ich mir nicht immer, in einem Winkel meines Gehirn, bewußt, daß sie im Grunde nicht in meine Welt gehörte, sowenig wie ich in die ihre, und daß uns nichts außer dem dehnbaren Band der Lust zueinander zog? Selten nur sprachen wir über das, was wir beide sonst noch taten, in jeder anderen Zeit, die wir nicht zusammen verbrachten, jene Zeit, die den weitaus größten Teil meines Lebens umfaßte, zu der die Stunden, die ich mit ihr verbrachte, im Verhältnis gering erschienen, zu gering, um auch nur ins Gewicht zu fallen. Jene Zeit, jene eigentliche Lebenszeit, die mein Sein bestimmte, meine Aufgaben im Leben definierte und mich erfüllen ließ, mir den Rahmen gab und das Geld verschaffte, Geld für Essen und Lebensqualität, jene Zeit, die für mich dennoch immer mehr zu schrumpfen schien an Gewicht und Bedeutung. Ich hatte angefangen, auf zwei Ebenen zu leben, jener realen und jener nur scheinbar irrealen, denn sie war es, die mein Leben durchzog mit einem Rausch an Intensität, einer Intensität, die die übrige Zeit durchlagerte und sie zugleich in eine Zeit der Oberflächlichkeit verflachte.

Sie war immer in mir.

Eines Tages fragte mich mein Chef, ob ich für drei Monate nach Frankreich gehen würde, um dort die Mitarbeiter unserer neuen Niederlassung einzuarbeiten. „Wir könnten auch Herrn Siglowski schicken", fügte er hinzu, „aber eigentlich hatte ich an Sie gedacht."

Ich wußte gar nicht, was ich zuerst machen sollte: nicken, strahlen, meine Begeisterung bekunden oder eine nüchterne Miene aufsetzen, und so entschloß ich mich für einen Kompromiß. Ich lächelte breit und fuhr fort, die Akten auf meinem Tisch zu sortieren. „Ich bin mir jetzt schon ziemlich sicher, daß ich zusagen werde, aber dennoch möchte ich mir einen Tag Bedenkzeit ausbitten. Geht das in Ordnung?"

Er nickte mit einem befriedigten Lächeln. Zögern gehörte grundsätzlich zu den Verhandlungstaktiken unserer Firma, und daß ich seinem Angebot jetzt nicht unverzüglich zugestimmt hatte, bewies ihm wohl, wie sehr ich die notwendigen Prinzipien verinnerlicht hatte. Nicht zuletzt war dies auch der Grund für meinen relativ rasanten Aufstieg innerhalb der Firmenhierarchie – ich war geschickt im Umgang mit unseren Kunden und hatte auf diese Weise so manchen bedeutsamen Auftrag an Land gezogen.

Was mein Chef mir da antrug, war die Chance, auf die ich seit einer ganzen Weile gewartet hatte. Ich war zwar schon einmal – mit höchst zufriedenstellendem Ergebnis – mit der gleichen Aufgabe in den Niederlanden betreut gewesen, aber wenn ich mich jetzt in Frankreich gut machte, würde die Aussicht auf den Posten als stellvertretende Geschäftsführerin wieder ein gutes Stück näherrücken. Ich konnte gar nicht absagen, und ich wollte auch gar nicht. Dachte ich.

Ich war entzückt. Den Rest des Nachmittags verbrachte ich damit, mir vorzustellen, wie es sein würde, in Marseille, das Meer ganz nah, der Geruch von Tang und Salz; morgens würde ich von meinem kleinen Apartment aus am Hafen vorbei in die Stadt fahren, das Tuten der Schiffe im Ohr, tagsüber in jener weich rollenden Sprache sprechen, die ich so sehr liebte, und abends säße ich am Hafen, inmitten der kleinen Gassen in einem Bistro, vor mir ein kühler Pernod...

Am Abend rief sie mich an, und ich platzte sofort mit der Neuigkeit heraus. Sie schwieg, nur einen kleinen Moment, und dann fragte sie: „Marseille? Das ist ziemlich weit weg, nicht wahr?“

„Ja“, sagte ich, „weit, aber wunderschön. Du kannst mich besuchen kommen, vielleicht auch mal länger, du könntest dir freinehmen...“ Und noch während ich sprach, wurde mir plötzlich kalt. Besuchen... sie würde mich besuchen kommen. Mal. Zwischendurch. Vielleicht. Den Rest der Zeit würde ich ohne sie sein.

Aus dem Hörer kam Schweigen. Dann sagte sie: „Ja, ich könnte dich besuchen kommen.“ Und da verstand ich, daß ihr Zögern, der nüchterne Klang ihrer Stimme nicht Abwehr war, sondern Weh. „Du wirst mir fehlen“, sagte sie. Und ich: „Du mir auch.“ Sonst nichts.

Diese Nacht war sehr lang. Ich dachte nach, dachte daran, wie es wäre, sie nicht mehr zu kennen, sie nicht mehr zu spüren. Drei Monate fort, drei Monate fort von ihr. Ohne ihre Hände, ihren Mund, ihre Leidenschaft, es würde so sein, als wäre sie fort, aus meinem Leben, als käme sie nie mehr zurück. Ich lag da und merkte, und mein Körper schmerzte dabei, wie mein Bauch sich zusammenzog, wie meine Nippel sich versteiften und mein Rücken sich wölbte. Ich preßte die Hand zwischen meine Beine und fühlte die Feuchtigkeit, die langsam aus mir herausfloß, ohne Ziel, ohne Richtung, ohne Halt. Und ich schob meinen Finger noch tiefer und rieb mich behutsam, und sofort war ich hart. Wenn ich ging, würde mein Finger es sein, der mich streichelte, meine Hand wäre es, die sich auf meine Kehle legte, über meine Brüste strich, ich selbst würde meinen Saft verreiben und nachher daran riechen, mein Arm wäre es, der eine heiße Spur über meinen Körper zog, und meine Ohren allein würden das Stöhnen hören, das nach und nach dann versiegte. Nur ich wäre da, ganz allein mit mir selbst, nur ich. Und sie wäre fort.

Ich drehte mich auf die Seite und schob eine Hand unter meine Hüfte, zog die Beine hoch und preßte mich ganz eng zusammen, so, wie ich es tat, wenn sie bei mir lag, dicht an mich geschmiegt, weich und fest, bevor der Schlaf sie holte.

Fast war es, als wäre sie da, als würde ich ihren Atem hören, und ich begann, mich zu wiegen, sanft, hin und her. Aber der Schlaf, er holte mich nicht, nicht in dieser Nacht. Und ich begriff. Es war mehr. Ich war süchtig. Nach ihr.

„Heuchelmund", sagte sie fröhlich. „Du lügst!"

Ich machte ihr klar, daß es stimmte. Daß ich nicht ging. Ich erzählte ihr das gleiche wie meinem Chef: Daß ich der Meinung war, man müsse Siglowski die Chance geben, sich auch zu bewähren, Siglowski, der immer in meinem Schatten stand. Und während mein Chef leicht bedauernd dreingesehen hatte, dann aber nickte, mit einem Ausdruck der Anerkennung in den Augen, sagte sie einfach: „Fein."

Mehr konnte sie auch gar nicht sagen, denn ich nahm ihre Hand und führte sie unter mein Hemd. Und nach einem Moment der Verwunderung hatte sie auch schon den Trick raus, wie sie mir den Spitzen-BH von vorne aufmachen konnte. Meine Brüste fielen schwer in ihre Hand.

„Du überrascht mich, Baby", sagte sie leise. „Das ist neu, was du da anhast. Laß es mich ansehen."

Ich beugte mich vor und öffnete langsam mein Hemd, und ich sah ihr zu, wie sie mir in den größer werdenden Ausschnitt starrte, mit gespanntem Blick das Gleiten meiner Finger verfolgte, und ich knöpfte mein Hemd ganz auf und ließ es mir von den Schultern gleiten, und so saß ich da, die schwarze Spitze leuchtete dunkel auf meiner hellen Haut, und dann kam sie näher, ganz nah an mich heran, und ich schloß die Augen und genoß die Berührung ihrer weichen Zunge. Sie leckte mir quer übers Schlüsselbein bis hinunter zwischen die Brüste, ich atmete aus, und mein Atem war lauter als das Geflüster der Leute um uns herum, als das Klirren der Gläser, das Lachen des Barkeepers, und es war lauter als das Rascheln ihrer Lederjacke, die schließlich zu Boden fiel.

Jetzt dachte ich viel darüber nach, was das, was zwischen uns war, bedeutete. Was hatte uns zusammengeführt? Und wenn das, was uns dazu brachte, eng aneinandergeschmiegt einzuschlafen, keine Liebe war, was war es dann?

Unser Zusammensein erschien mir unerklärlich, wenn ich es mit meinen bisherigen Erfahrungen verglich. Auf sie reagierte ich stärker als auf alle meine Liebhaberinnen und Liebhaber zuvor. Und das nicht nur in den Stunden, in denen ich mit ihr zusammen war, nein, auch danach, noch lange danach. Es war, als ob die Zeit mit ihr nachwirkte und einen weichen Schein über mein restliches Leben warf. Ich war ausgeglichener denn je, die Arbeit machte mir Spaß, ich stürzte mich mit Feuereifer hinein. Und ich war gut. Ich machte Überstunden, ohne jene Erschöpfung zu verspüren, die mich vorher schon beim bloßen Gedanken an noch mehr Arbeit überfallen hatte; ich übernahm Aufgaben, die ich, weil sie am Rande meiner Zuständigkeit lagen, zuvor problemlos an Untergebene abgeschoben hatte, und dennoch fühlte ich mich nicht überlastet. Ich besaß mehr Energie als zuvor, und das, obwohl ich mindestens zweimal in der Woche übermüdet und unausgeschlafen zur Arbeit hetzte.

Meine Zeit war so ausgefüllt, daß ich nur noch selten ausging. Wozu auch? Ich hatte alles, was ich wollte und brauchte. Und insgeheim wartete ich darauf, daß Leere in mein Leben einzog, denn ich konnte mir nicht vorstellen, daß es so bleiben würde. Irgendwann, so argwöhnte ich, mußte ich einfach erschöpft sein, mußte ich einfach genug davon haben, irgendwann mußte alles zwangsläufig wieder in normale Bahnen zurückkehren, in jene Bahnen, die ich kannte und in denen mein Leben vorher verlaufen war. Und als das nicht geschah, ging mir langsam auf, daß es jenes andere, normale Leben nicht mehr gab, daß das Leben, das ich jetzt führte, es abgelöst hatte. Wenn es sowas wie ein normales Leben für mich überhaupt noch gab, dann führte ich es bereits. Jenes unnormale Leben, durchzogen von Sex, von Lüsten und Phantasien, die nicht mehr Hirngespinste, sondern Realität waren, jenes unnormale Leben war jetzt meins. War normal. Und ich wollte kein anderes mehr.

Aber was war es, das uns verband? Was löste jene Gier aus, sie an mich zu ziehen, meinen Körper dicht an ihren zu pressen und mich ihr hinzugeben? Was brachte mich dazu, beim bloßen Gedanken an sie feucht zu werden, was führte mich dazu, meine Wünsche und Sehnsüchte ausschließlich auf sie zu richten, und was brachte sie dazu, sie mir zu erfüllen? Was trieb sie dazu, mich alle zwei Tage anzurufen, sich mit mir zu verabreden und mich, kaum daß die Wohnungstür hinter uns ins Schloß gefallen war, aufs Bett zu werfen? Und was brachte sie dazu, nachts eng an mich gedrängt einzuschlafen und unwillig im Schlaf zu murren, sobald ich mich ein wenig von ihr wegdrehte? Und was drängte mich, ihrem unausgesprochenen Befehl sofort zu gehorchen und mich wieder an sie zu schmiegen und nicht eher einzuschlafen, als bis ich jeden für sie erreichbaren Zentimeter meiner Haut von ihr berührt wußte?

Sie schien mich an etwas zu erinnern, das im Verborgenen lag, etwas Animalisches, das in mir geschlummert hatte und nun auf einmal aufgewacht war. Und das stärker war als jede rationale Prägung, der ich, wie jeder andere Mensch auch, von Kindheit an unterworfen gewesen war. Wenn ich hechelnd und gierig unter ihr lag und sie keuchend in mein Ohr stöhnte, unsere Körper von konvulsivischen Zuckungen geschüttelt, die wir nicht beherrschen konnten und erst recht nicht beherrschen wollten, dann fühlte ich mich oft wie ein prähistorisches, nur auf Sinnes- und Triebempfindungen ausgerichtetes Tier. Und zugleich empfand ich mich, empfand ich uns als zutiefst menschlich. Und die Tatsache, daß sie es war, mit der ich diese unbekannten Höhen und auch Tiefen durchlebte, kam mir mehr als stimmig vor. Für mich lag darin eine zwingende Logik, die ich unfähig zu erklären war. Das akzeptierte ich widerspruchslos und auch fraglos, eben weil mir bewußt war, daß ich, daß mein kleinlicher Geist, mein winziges Wissen und meine unendlich geringe Lebenserfahrung mich von der Erkenntnis dieser Logik von vorneherein ausschlossen. Und dennoch versuchte ich immer wieder, das Geheimnis unserer seltsamen Symbiose zu entschlüsseln. Wie, wie, wie konnte es sein, daß wir, zwei einander so fremde Menschen, derart aufeinanderkrachten, derart ineinander versanken, derart selbstverständlich alle Hemmungen fallenließen?

Die Antwort auf meine Frage war da, unzweifelhaft, versteckte sich in den weichen Berührungen, in dem Schweiß auf der Haut, in dem Bogen, in dem sich mein Rücken ihr zukrümmte, wenn sie auch nur einen Hauch entfernt von mir lag, aber ich konnte sie nicht erfassen. Ich schaute und schaute, und doch sah ich immer nur Körper. Wir waren wie zwei von Haut umhüllte Massen aus Fleisch, Muskeln, Knochen und Blut, in uns pulsierte Leben, Geist und Gefühl, zwei getrennte Wesen waren wir, ohne Chance auf Verschmelzung, seltsam fremd einander, wie Körper es immer und immer sind, zwei eigene Geschöpfe, wohnhaft in ihrer eigenen Welt, und doch waren wir uns nah. Mir schien, als ob mein Unbewußtes sich fortwährend und wieder und wieder neu zu zeigen versuchte, wenn wir beisammen waren, daß es sich offenbarte, in einer Geste, in einem Blick, einer Berührung, und daß ich es dennoch nie erkannte, daß es nie wirklich in mein Bewußtsein drang.

Ich wußte einfach nicht, warum wir uns so zueinander hingezogen fühlten. Und ich wußte auch, daß ich es nie wissen würde, so wie Menschen nie wirklich wissen, warum sie diese, genau diese Beziehung zu jemandem haben, nur meinen, es zu wissen, Erklärungen zu finden, Gründe zu entdecken, um etwas in Relation zur Welt setzen zu können, es aber nie wirklich wissen. Und Ahnen und Glauben mit Wissen verwechseln, um sich sicherer zu fühlen. Denn das war mir klar: daß Wissen immer nur Gefühle in Worte kleiden kann, immer nur Begreifen vorspielt, aber nie trifft, eben weil Wissen und Fühlen nicht identisch sind. Denn Wissen ruft keine Gefühle hervor, sondern zieht seine Existenz aus ihnen heraus. Gefühl aber wird durch das Wissen um es nicht geschmälert. Bleibt eigen, innig und unabhängig. Und lebt aus eigener Kraft.

Und ich, ich fühlte mich sicher, indem ich mich der Ungewißheit überließ und in ihr lebte – mit ihr.

Nie zuvor hatte ich gespürt, wie sehr ein Mensch von seinem Körper abhängig ist, und nie zuvor hatte ich eine solche Lust verspürt, aus jener Kraft, die diesem Zustand innewohnt, zu schöpfen, soviel als möglich herauszuziehen, diese Abhängigkeit als unglaubliches Potential zu erkennen und zu nutzen.

„Was ist das bloß mit uns beiden“, flüsterte sie einmal matt und schläfrig, nachdem ich gekommen war, und ich legte die Arme fest um sie und lachte in mich hinein. Ich dachte daran, wie sie in unserer ersten Nacht gefragt hatte, was ich denn für eine sei, und ich wußte, daß sie ebenso wie ich jene unbewußte und starke Kraft verspürte, die uns trennte und einte. Aus „du“ war „wir“ geworden, aus „was bist du nur für eine“ „was ist das nur mit uns beiden“, und das war die Bestätigung, daß wir miteinander etwas lebten, das keine von uns allein hätte leben können.

Ich lachte wieder und zog sie noch enger an mich, und ich dachte bei mir, daß jede von uns sich fraglos zurückziehen könnte, sobald sie nicht mehr wollte. So heiter und leicht war das alles, es gab keine Pflicht und kein Drängen, außer jenes, das in uns war.

Ich wußte noch nicht, daß ich jenes Drängen unterschätzte, daß es mächtiger war als jedes Wollen, weil es das Wollen war – und daß es kein „Nicht-mehr-wollen" gab. Kein Wollen außer Einander-Wollen, kein „Ich will nicht mehr", hinter das man sich zurückziehen könnte wie hinter eine Mauer, von wo aus man dann geruhsam den Lauf der Dinge beobachten würde.

Ich hatte keine Angst, sah keine Gefahr. Nur das Gefühl, daß es stimmig war, daß es mich leitete in Helligkeit, Lust war das Leben.

Und es gab noch etwas, das mich an unserer Beziehung zutiefst befriedigte. Zum ersten Mal erkannte ich für mich voll und ganz die Normalität meiner Homosexualität. Bis dahin hatte ich insgeheim immer noch, tief in einem versteckten Winkel meines Gehirns, gedacht, Homosexualität sei unnatürlich. Sicher, ich, die ich lesbisch war, konnte gar nicht anders sein, von daher war es offensichtlich normal und natürlich, und mußte es sein, aber irgendwie, irgendwie doch nicht. Und daß ich das dachte, hatte mit Sex zu tun. Scheinbar funktionierte das Lustempfinden bei Frauen anders, weibliche Lust schien eher auf ein inneres Zentrum gerichtet als auf Körperlichkeit. Ich hatte angenommen, das liege daran, daß Frauen – und damit auch Lesben – ein gewisser animalischer Trieb fehle, jener animalische Trieb, der vielleicht auf dem Fortpflanzungsdrang beruhte und damit nur heterosexuelle Sexualität betraf. Ich hatte geglaubt, daß, wenn Frauen animalische Kräfte in sich trugen, diese nur durch Männer geweckt wurden, weil dann eben jener Fortpflanzungsdrang zum Tragen kam. Daß schwule Männer so triebhaft waren, erklärte ich mir mit dem männlichen Element, dem ich grundsätzlich mangelnde Sensibilität beiordnete. Lesbische Sexualität, so meine Folgerung, war also nie derart triebhaft gestaltet wie schwuler oder heterosexueller Sex es sein konnte; konnte, wohlgemerkt, nicht aber auch immer oder auch nur oft war. Wie auch immer – etwas fehlte mir. Der letzte Kick. Das Triebhafte eben.

Und so war ich immer ein ganz bißchen unglücklich mit meinem Lesbischsein gewesen, auf eine Weise, wie jemand mit blonden glatten Haaren vielleicht unglücklich war, daß er keine schwarzen, gelockten besaß. Oder nein, denn das ließe sich ja ändern, mittels künstlicher Methoden, nein, eher wie jemand, der darunter litt, daß er feine Haare hatte und keine dicken. Daran konnte man nichts ändern. Ebensowenig wie an der Tatsache, daß Lesben eben nicht triebhaft waren. So dachte ich.

Und jetzt, mit ihr, entdeckte ich, daß auch ich sie besaß, diese animalische Triebhaftigkeit. Und mehr noch – ich konnte sie leben. Daß ich sie entdeckte und auf diese Frau richtete, die sie ebensosehr erwiderte, daß wir beide uns zu immer neuen Räuschen antrieben und uns mit einer Geilheit, einer Wildheit aufeinanderstürzten, als gälte es, uns gegenseitig zu befruchten, immer wieder, mit einem Ergebnis, das die Zeugung Tausender Kinder weit übertraf – das machte mich glücklich und versöhnte mich endgültig mit meinem Lesbischsein. Ich fühlte, wie alle, und seien es noch so winzige und unberechtigte Minderwertigkeitskomplexe von mir abglitten wie Wassertropfen von glatter Haut. Und wie jeder Zweifel, den ich an der Natürlichkeit lesbischer Sexualität gehabt hatte, verschwand. Endgültig. Was konnte natürlicher, ursprünglicher sein als jene wilde Lust, jene animalische Sinnlichkeit, die sich ganz deutlich von Frau zu Frau richtete?

Und dann verschwand auch noch ein anderer Mangel, ein letztes Fehlen.

Sie zog mir die Arme nach hinten und warf mich herum. Ich lag auf dem Bauch, die Augen geschlossen, und schmeckte den Schweiß ihrer Haut.

„Bleib so, wie du bist.“ Sie ließ mich los, und die Luft wurde kalt, als sie nicht mehr neben mir war. Ich hörte sie gehen, ein Rascheln, dann kam sie zurück. Als ich mich rührte, hielt sie mich fest. „Bleib.“ Ich hielt still.

Und dann spürte ich etwas, warm schob sie sich von hinten an mich heran, mit dampfender Haut, feucht, naß vor Schweiß glitt sie auf mich, hielt meine Hüften, zog mir die Beine sanft auseinander, ihr Atem dicht an meinem Ohr, ihre Stimme ganz nah.

„Mach dich weit.“ Ich spürte das Reiben von Leder, die tastenden Hände, und noch etwas war da, schob sich drängend an meinen Arsch, schob sich tiefer, steif und fest, glitt auf mich zu.

„Was?"

Und sie drehte mich um, sah mich an, Ruhe im Blick und doch Wildheit. Und noch während ich nach ihren Armen faßte, während ich noch versuchte, zu fühlen, was sie mit mir tat, kam sie in mich, so voll, daß ich aufschrie, glitt in mich hinein, mit der Spitze, dann ganz, und füllte mich aus, und die Zeit rutschte fort, ich war früher und jetzt, sie war Frau und auch Mann, und sie ritt mich, ritt mich zu, als sei ich ein Pferd, ein ganz junges.

Sie füllte mich aus, mit diesem künstlichen Schwanz, den ich so gar nicht als künstlich empfand, denn er pulsierte in mir, und sie schien ihn zu spüren, sie bewegte sich in mir, als fühlte sie, wie er in mir glitt, wie er mich berührte, gegen mich stieß, wo er mir Lust verschaffte, sie schien ihn wirklich zu spüren, denn sie reagierte unmittelbar auf jede Dehnung, jedes Zusammenziehen der Muskeln in meiner Fotze. Plötzlich hatte ich das tiefe und befriedigende Gefühl, daß alles, aber auch alles vollkommen war, daß nichts mehr fehlte, nichts mehr. Wir beide, wir konnten alles miteinander tun, was Mann und Frau und Mann und Mann und Frau und Frau miteinander tun konnten, alles und noch viel mehr. Unsere Möglichkeiten waren unbeschränkt, es gab keine Grenzen – und da waren sie wieder, jene nicht vorhandenen Grenzen, die ich schon in unserer ersten Nacht wahrgenommen hatte. Und so fügte sich alles zusammen.

Danach hatte ich Tränen in den Augen. Sie küßte sie fort.

„Alles in Ordnung?"

„Zeig ihn mir."

Sie wandte sich leicht von mir ab, und ich sah an ihr hinunter, auf diesen seltsam natürlichen Schwanz zwischen ihren Beinen, der immer noch ragte, als wär' er nicht satt. Ich faßte danach, er war warm, warm von mir, und noch feucht.

„Das war das erste Mal für mich."

„Ich weiß." Sie küßte mich wieder, mit weichen Augen.

Später, als ich darüber nachdachte, fiel mir ein, daß es doch etwas gab, was wir nicht konnten – wir konnten kein Kind machen.

Aber ich hatte noch nie Kinder gewollt.

An einem Wochenende fuhren wir an die Ostsee. Es waren drei wunderbare Tage, die wir miteinander verbrachten, wir hatten ein Zimmer in einem fast unbelegten Hotel, und das Bett war unglaublich breit und bequem. Nachmittags liefen wir am Strand entlang, und obwohl es kalt war und ein scharfer Wind wehte, saßen wir lange Zeit auf einem großen Findling mitten am Strand. Sie sah aufs Meer hinaus, ihre Haare waren zerzaust, und ihr Gesicht war gerötet von Kälte und Sturm.

Sie sah lange aufs Meer hinaus, und als ich sie fragte, woran sie dachte, sagte sie: „An Punkte. An die Punkte, die es im Leben gibt. Sie sind spitz und scharf und stechen, und man nimmt sie dennoch kaum wahr. Man verkennt soviel, man verkennt so oft die Bedeutung dessen, was einem geschieht. Und wie oft denkt man, etwas sei unwesentlich – gerade das Wichtige verkennt man. Und das Gute. Gute Punkte. Man verkennt ihren Wert."

Ich sah an ihrer Schulter vorbei, auf die Weite des Meeres, und der Wind blies mir ihr lang gewordenes Haar ins Gesicht. Und wenngleich ich wußte, daß sie über uns sprach, sagte ich nichts. Wir sprachen kaum je über uns. Und wenn, dann in Metaphern. Denn unsere Ebene war das Unbewußte, und alles, was uns betraf, sollte dort bleiben. Dachte ich.

Und dann kam der Tag, an dem sie mir sagte, daß es vorbei sei.

Für mich kam es aus dem Nichts. Sie rief mich an und sagte, daß sie mich sehen wolle. Etwas in ihrer Stimme war komisch, aber ich blieb ruhig. Ich zog mich mit besonderer Sorgfalt um, und als ich ein letztes Mal in den Spiegel sah, bevor ich die Wohnung verließ, fand ich mich schön.

Sie sagte, sie wolle nicht mehr. Es ginge nicht mehr. Ich sah ihre Hände an, die sie im Schoß verschränkt hielt, und fragte, warum. Sie zuckte die Schultern und räusperte sich. „Ich kann nicht ewig so weitermachen. Wie soll das weitergehen mit uns? Ewig? Irgendwie saugt es mich aus, verstehst du." Sie sah mich nicht an, und dann doch, und dann verstand ich.

„Fehlt dir Gefühl?"

Sie sagte nein und nickte zugleich. Und ihr gehetzter Blick sagte noch mehr. Ich legte meine Hand auf ihr Knie, so wie ich es hundertmal zuvor getan hatte, und wie hundertmal zuvor reagierte sie rasch und beinah instinktiv, sie wandte sich näher zu mir, faßte mich an, und mir wurde warm.

Sie hatte Angst. Es war absurd. Ich hörte, was sie sagte, aber ich fand es absurd. Und zugleich verstand ich sie wirklich. Was sollte sie anders tun als sich zu befreien, loslassen, weggehen. Andere Frauen.

Ja, sagte sie, als ich sie danach fragte, aber das sei es nicht.

„Du fühlst dich gefangen", sagte ich leise.

Sie nickte. „Es ist gefährlich."

„Warum?"

„Weil es mehr ist. Und doch etwas fehlt."

„Meinst du."

Sie nickte wieder. „Wir haben uns nie etwas versprochen", fuhr sie fort. „Wir haben keine Verbindlichkeiten, nicht wahr. Ich möchte einfach aufhören, okay, frag mich, wenn du mehr wissen willst, aber viel mehr gibt es nicht zu wissen, ich möchte, daß wir jetzt damit aufhören, wo es noch geht, irgendwann geht es nicht mehr so einfach, und dann wird es schlimm, und ich will nicht an dich gebunden sein, und du nicht an mich. Ich muß mich entscheiden, ich habe mich entschieden."

„Glaubst du, du kannst das?"

„Ja", sagte sie schwach und sah nicht her. Und daß sie mich weiter sehen wolle, aber erstmal nicht, denn sie wolle keinen Sex mehr. Keinen Sex.

Ich sagte: „Ja."

Plötzlich war die Zeit anders. Ich war wie gelähmt. Ich machte meine Arbeit, machte sie gut, aber innerlich war mir kalt. Manchmal ertappte ich mich dabei, daß ich leise vor mich hinlachte. Sie fehlte mir sehr. Ich vermißte sie so, daß mir schlecht wurde. Ihr Lachen fehlte mir, ihre Anrufe, die Freude auf sie, aber vor allem fehlte mir der Sex. Mein Körper war leidig, ich litt. Meine Brüste hingen herab, spürbar bei jedem Schritt, meine Arme schienen mir nutzlos, mein Haar spröde und trüb meine Augen. Ich sagte mir, daß es gut so war. Besser. Unsere Zeit war um, wir hatten sie gut genutzt, und sie hatte recht. Irgendwann wäre die Lust erloschen, irgendwann wäre es schwierig geworden. So hatten wir unsere Würde bewahrt. Nur, daß ich es trotzdem absurd fand.

Nachts lag ich in meinem Bett, die Hand zwischen meinen Schenkeln, und sehnte mich. So sehr, daß ich mich wieder und wieder streichelte, überall, und mein Verlangen wurde noch stärker. Ich versuchte, sie mir mit anderen Frauen vorzustellen, aber was ich sah, das war sie, wie sie stöhnte, sich wand und sich streckte, und immer auf mir. Ich suchte alle rationalen Gründe, die ich nur finden konnte, zusammen, es waren viele, aber kein einziger überzeugte mich. Ich fand schlicht und einfach, daß es nicht zu Ende war, und nicht einmal sie konnte mich vom Gegenteil überzeugen.

Ich schlief mit einer anderen. Ja, es war nett, mit Erstaunen stellte ich fest, daß das, was ich mit ihr erlebt hatte, in mich eingegangen war und nun auf andere überging, ich war wild und voller Leidenschaft, aber es war mir zuwenig. Nicht nur zuwenig, es war nichts.

Ich versuchte es anders, ich versuchte, mich an ein Leben zu gewöhnen, in dem es sie nicht mehr gab. Doch überall sah ich nur Sex, und mein Körper schrie nach ihr.

Es war mehr. Es war mehr als nur Lust, mehr als Verlangen. Es war mehr, und ich konnte und konnte mich einfach nicht daran gewöhnen, keinen Sex mehr mit ihr zu haben. Ich konnte einfach nicht. Ich konnte nicht denken, daß es vorbei war, nicht versuchen, damit, oder besser ohne es zu leben. Mein Körper war wund vor Verlangen. Ich war in einem Zustand, der wie Krankheit war, wie Entzug. Immerzu war ich naß, spürte meine Muskeln, spürte die Lust, und ich litt, ständig auf Spannung. Nach drei Wochen begriff ich, daß keine Besserung in Sicht war. Und ich bekam Angst. Man denkt, man muß durch. Man kommt immer durch – etwas ist vorbei, man braucht seine Zeit, und dann ist man durch.

Aber ich kam nicht durch. Ich kam einfach nicht durch.

Und dann sah ich sie wieder.

Es war auf einem Fest, irgendeinem Frauenfest, bei dem eine ganz besonders ausgelassene Stimmung herrschte. Es wurde gelacht und getanzt, und ich versuchte krampfhaft, mich ebenfalls zu amüsieren, aber es gelang mir nicht besonders. Lea überredete mich schließlich, ein Tänzchen zu wagen, und ich drehte mich steif und hölzern in ihren Armen auf der Tanzfläche herum, ständig stießen wir mit anderen Paaren zusammen, es war nett und wirklich auch lustig, aber dann doch wieder nicht so richtig, und als das Lied aus war, rang ich mir ein Lächeln ab und ließ Lea los und drehte mich um und da stand sie vor mir und sah furchtbar verlegen aus. Und ich breitete die Arme aus und mein Herz klopfte zu schnell, viel zu schnell, und dann lächelte sie und sah immer noch so verlegen aus und dann kam sie in meine Arme und legte ihre um mich und hielt mich ganz fest, und mein Herz klopfte und klopfte, und mir war viel zu heiß, sie schwitzte ganz stark, und ich schwitzte auch, wir klebten aneinander, klebten und drehten uns zu irgendeinem Lied, dessen Töne ich nicht hörte, weil das einzige, was an meine Ohren drang, ihr Atem war, wir bewegten uns im Takt zur Musik, und dann war es unser Takt, wir bewegten uns und schwitzten und klebten aneinander, und dann war kein Blut mehr in meinem Kopf, nur noch Rauschen, mein Blut war woanders, herabgesackt, ins Zentrum meines Körpers, und sie sagte: „Es geht nicht, es geht nicht, Heuchelmund, ich komm' da nicht raus, ich komm'...." Und ich klammerte mich fester an sie, noch fester, und sie schob ein Bein zwischen meine, und ich konnte nicht anders, ich stöhnte auf, und dann stöhnte auch sie, und dann ließen wir uns nicht mehr los.

Es war mehr als nur Lust, mehr als nur das Verlangen, sie zu sehen, mit ihr ins Bett zu gehen. Es war mehr als all das. Ich war süchtig nach ihr.

Und bin es immer noch.

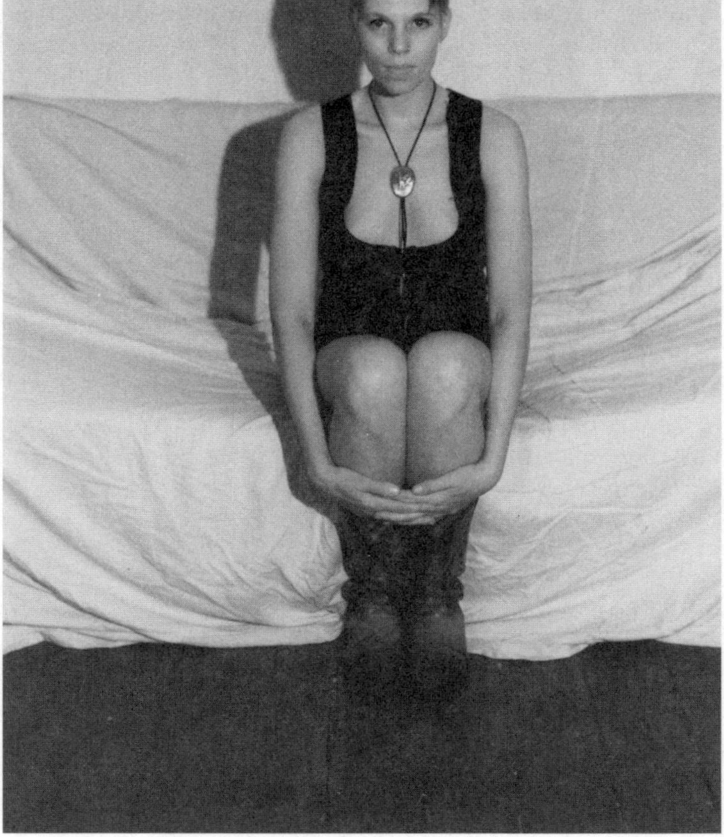

Julies toller Hecht

Sie erwischte mich in voller Fahrt.

„So", sagte sie und setzte sich auf die Bettkante. Sonja zog schnell ihre Füße außer Reichweite. „So sieht das also aus. Okay, ich hatte ja noch nie die Gelegenheit, dir in deinem Element zuzusehen. Also los, zeig, was du kannst."

„Aber Julie", stammelte ich verlegen und versuchte, irgendwie in mein Hemd zu kommen. Es ging nicht. Die Ärmel schienen von innen verknotet zu sein. „Julie, hey, ich..." Ich wußte beim besten Willen nicht, was ich sagen sollte. Natürlich nicht. Was sagt man auch schon zu seiner Freundin, die einen gerade bei einem Seitensprung ertappt hat?

„Du brauchst dich gar nicht erst wieder anzuziehen. Macht einfach weiter. Ich will sehen, ob du tatsächlich so ein toller Hecht bist, wie du immer behauptest." Sie verschränkte die Arme vor der Brust und lächelte. Ich warf einen Blick zu Sonja. Sie beachtete mich gar nicht. Sie starrte Julie an, offensichtlich fasziniert.

„Julie, ich weiß auch nicht, aber...", versuchte ich es noch einmal. Ich kam mir lächerlich vor, wie ich da hockte, mitten auf den zerwühlten Laken, noch ganz außer Atem und vollkommen nackt. Julie beugte sich vor, riß mir das Hemd aus den Fingern und warf es hinter sich.

„Los jetzt", sagte sie scharf, und ihre Augen funkelten. „Stell dich nicht so an. Gerade hast du noch eine bessere Figur gemacht." Sie grinste, aber das Grinsen galt nicht mir, sondern Sonja. Und Sonja grinste zurück.

Ich glaubte meinen Augen nicht zu trauen. Die beiden schienen sich einig zu sein, denn Sonja schob einen Arm unter der Bettdecke hervor und fing an, meine Hüfte zu streicheln. Verwirrt sah ich von einer zur anderen. Sonja lächelte verführerisch, und Julie beobachtete mich prüfend, ein seltsames Schmunzeln um den Mund.

„Worauf wartest du, auf eine schriftliche Einladung?" Ihre Stimme klang ruhig. Keine Spur von Wut oder Eifersucht darin.

Ich verstand die Welt nicht mehr. Eigentlich hatte ich Julie erst morgen nachmittag von ihrem Fortbildungskurs zurückerwartet, und der Gelegenheit, zwei freie Tage als Strohwitwe richtig auszunutzen, hatte ich einfach nicht widerstehen können. Wie meistens. Kaum war Julie aus der Tür, stand ich schon vorm Spiegel und machte mich für den Abend zurecht. Dann war ich losgezogen und hatte mich nach einer attraktiven Frau umgesehen, an der ich erproben konnte, ob meine Verführungskünste nach zwei Jahren Beziehung noch nicht eingerostet waren. Waren sie nicht – der lebendige Beweis lag neben mir und strich gerade mit sanftem Druck meinen Oberschenkel entlang. Das wäre ja alles schön und gut, wenn nur nicht Julie da unten auf der Bettkante gesessen hätte. Ich hatte sie nicht einmal hereinkommen hören. Als ich mich aufgerichtet hatte, um Sonja, die auf meinen Hüften hockte und mich heißblütig ritt, mit beiden Armen zu umschlingen, hatte ich Julie entdeckt. Sie saß da und sah uns zu, und ich glaube, sie hatte schon eine ganze Weile da gesessen.

Julie wandte sich an Sonja. „Und, ist sie gut?"

Sonja hielt ihrem Blick stand, ohne mit der Wimper zu zucken. „Ja, ziemlich", erwiderte sie. Julie nickte, dann sah sie mich an. „Hörst du? „Ziemlich", sagt sie. Das heißt, daß sie noch nicht die Gelegenheit hatte, dein ganzes Repertoire kennenzulernen. Also? Nun zeig ihr doch mal richtig, was für ein toller Hecht du bist."

„Julie", sagte ich irritiert. Meinte sie das ernst? „Julie, das geht nicht. Das kann ich nicht."

„Gerade konntest du das doch auch."

„Aber das war was anderes. Gib mir mein Hemd." Ich versuchte unauffällig, Sonjas Hand von meiner Hüfte zu schieben. Dann bemühte ich mich, an Julie vorbei nach meinem Hemd zu greifen, aber beides mißlang mir. Julie schob meine Hand zurück.

„Hinterher", sagte sie und lehnte sich nach hinten.

Ich saß unschlüssig da. Julie hatte diesen ganz bestimmten Ton in der Stimme, den ich nur allzu gut kannte. Sie meinte es tatsächlich ernst. Wenn ich jetzt nicht auf sie einging, würden wir hinterher einen Riesenkrach bekommen. In den zwei Jahren, die wir nun zusammenwaren, hatte ich gelernt, daß es mich in gewissen Situationen weniger Nerven kostete, mich ihrem Willen zu beugen als meinen durchzusetzen. Oft genug war es nämlich andersherum. Da war es nur gerecht, wenn ich manchmal klein beigab. Aber jetzt? Sie konnte doch nicht allen Ernstes zusehen wollen, wie ich es mit einer anderen trieb? War das Rache? Oder gefiel es ihr gar? Und – konnte ich das überhaupt? Ich saß in der Patsche. Tat ich, was sie wollte, gab es Ärger. Tat ich es nicht, auch. Wenn sie sah, daß es mir Spaß machte, war sie bestimmt sauer. Wenn ich mich verweigerte, wahrscheinlich auch. Was sollte ich tun?

Sonja löste die Frage. Sie zog mich zu sich herab und küßte mich fest und fordernd auf den Mund, und automatisch fuhren meine Hände über ihren Rücken hinab bis zum Arsch, den sie mir sogleich entgegenpreßte. Meinem Körper schien schneller als meinem Kopf einzufallen, was wir gerade gemacht hatten, bevor wir unterbrochen wurden. Mir wurde heiß.

„Komm schon", sagte Sonja heiser und zog mich noch näher an sich heran. Ich warf einen Blick zu Julie. Sie lehnte bequem am Fußende, seitwärts auf einen Ellenbogen gestützt, und beobachtete Sonja und mich wachsam und gespannt. Ohne die Augen von ihr zu wenden, strich ich Sonja probeweise mit der flachen Hand über den Arsch und ließ die Fingerspitzen leicht zwischen ihren Backen verschwinden. Was Julie sah, schien ihr zu gefallen, denn sie schürzte kaum merklich die Lippen und hob eine Augenbraue. Dann schaute sie zu mir auf, einen Moment lang starrten wir uns an, schließlich nickte sie leicht. Ich wagte ein Lächeln. Julie schob das Kinn vor und bewegte die Lippen. Ich verstand ihre Worte, ohne sie zu hören. „Mach schon, Baby."

Langsam rutschte ich aus meiner sitzenden Stellung herab. Das heißt, ich rutschte nur halb, denn Sonja zog ungeduldig an mir, bis ich ganz neben ihr lag. Ihr Körper strahlte eine Hitze aus, die mich nervös machte. Wie schaffte sie es nur, so übergangslos wieder in Fahrt zu kommen? Ich legte einen Arm um sie und zog sie dicht an mich heran. Ihr Gesicht war nah vor meinem, sie hatte die Augen weit geöffnet und sah mich mit verhangenem Blick an. „Komm schon", sagte sie leise und drängte sich an mich. Ihre Brustwarzen waren hart und groß, und die Berührung der steifen Nippel ließ mich erschauern. Sie bog den Kopf zurück und bot mir ihre Kehle, und als ich leicht darüber leckte, stöhnte sie auf. Ich hielt inne und betrachtete ihren Hals.

Überall waren die Spuren meiner Zähne zu sehen, gerötete Hautflecken verliefen vom Schlüsselbein bis zur Schulter, und ich erinnerte mich, wie ich ihr vor kurzem – es war nicht einmal zehn Minuten her – mit den Lippen vom Bauch zum Hals entlanggefahren war. Langsam beugte ich mich herab und nahm einen ihrer Nippel in den Mund. Sonjas Hand krallte sich in meinen Nacken, und sie preßte sich noch fester an mich. Ich versuchte, nicht an Julie zu denken, die unten am Bettrand lag und mir zusah, ich versuchte, nur an das zu denken, was ich tat, aber ich war mir Julies Blick nur allzu deutlich bewußt. Schwer lag meine Hand auf Sonjas Hüfte, meine Muskeln waren angespannt und verzerrt, und Sonjas Nippel in meinem Mund schien so groß, daß er mich zu ersticken drohte. Ich war beim besten Willen nicht in der Stimmung, jetzt Sex zu machen. Gar nicht. Ganz und gar nicht. Auf keinen Fall.

Und dann zog Sonja mich mit einem heftigen Ruck auf sich herauf, öffnete weit die Beine und schlang sie um meine Hüften, und ich spürte die Nässe ihrer Fotze an meinem Bauch, ich fühlte ihre Brüste an meinen und die verlangende Kraft, mit der sie sich an mich drückte, und ich sah ihr Gesicht, ihren dunklen, leicht geöffneten Mund mit der kleinen Narbe daneben, die mir gleich, als ich Sonja in der Bar entdeckte, so gut gefallen hatte, und ich sah, wie sie die Augen öffnete und mir einen Blick zuwarf, der die Dinge wieder ins Lot rückte, weil ich etwas darin erkannte, das mir klarmachte, wer ich war und wer sie war und was wir beide eigentlich voneinander wollten. Fick mich, sagten mir Sonjas Augen, fick mich und laß mich dich ficken. Mehr nicht. Nur das, okay? Das wollten wir doch, nicht wahr? Und niemand verbietet es uns. Jemand will es. Also – wir tun es nicht nur für uns, sondern für noch jemanden. Für Julie. Okay?

Und dann küßte ich Sonja. Ihre Lippen waren noch dick von den Küssen der letzten Stunde, ihre Zunge schob sich in meinen Mund und rieb sich an meiner, im Gleichklang mit unseren Hüften, die weich zusammenfanden. Ich küßte sie lange, ich versank darin, spürte nur noch ihren Mund, ihre Lippen, ihre Zunge, hörte das leise Seufzen, das tief aus ihrer Kehle kam und mit dem schneller werdenden Atem hinausglitt.

Sonjas kurzes Haar kitzelte mich an der Stirn, wie Flaum strich es zart über meine feucht gewordene Haut. Sonja bewegte sich, kam mir entgegen, ihr Körper bog sich vom Bett hoch, und ich ließ meine Hände unter ihren Rücken gleiten und hielt sie, hielt sie fest, und sie kam an mich, und übergangslos fanden wir unseren Rhythmus. Ich preßte mein Gesicht in ihre weiche Haut, in die feine Rundung, wo der Hals in die Schultern überging, und ich hörte ihr leises Lachen, wie sie schluckte und keuchte. Und dann spürte ich, wie sie anfing, sich anders zu bewegen, unregelmäßiger, härter, fordernder, und wie ihre Nägel Riefen in meinen Rücken zogen. Sie stieß mich so hart von unten an, daß ich fast von ihr herunterflog, und ohne daß sie es sagen mußte, wußte ich, was sie wollte. Ich glitt auf die Seite, und sie nahm die Arme nach oben und streckte sie weit über ihren Kopf. Heftig atmend lag sie da, angespannt bebend, und einen Moment lang betrachtete ich sie, ohne sie zu berühren. Sie war schmal, viel schmaler als Julie, ihre Brüste waren klein und fest, und helles Haar schimmerte golden auf dem feinen Hügel, der sich wie ein zartes Viadukt im Zentrum ihres Körpers herauswölbte. Langsam spreizte sie die Beine, und winkelte die Knie an, und es war dieser Moment, in dem ich begriff, wie sehr sie es genoß, daß Julie zusah. Denn Julie sah zu – sie sah genau zwischen Sonjas Beine, sah auf das feuchte Schamhaar, die geröteten Lippen ihrer Fotze, sie sah die Gier, die ich in Sonjas Augen erblickte, aus ihrer Spalte fließen. Ich sah Julie an, sah ihren Blick, die leichten Flecken auf ihren Wangen, und ich legte eine Hand auf Sonjas Bauch und ließ sie langsam heruntergleiten, über den Nabel, durch das lockige Haar bis zur Innenseite der Schenkel. Ich strich auf und ab, ganz vorsichtig, und ich hörte Sonjas Atem und sah Julies Gesicht, und ich spürte, wie sie warteten, beide, rastlos, gespannt, ungeduldig. Und als ich endlich mit einem Finger zwischen Sonjas heiße Lippen glitt, war es nicht nur Sonja, die aufstöhnte.

Die ganze Zeit über sah ich Julie an. In ihren Augen schien sich jede meiner Bewegungen widerzuspiegeln, aber nicht nur meine, sondern auch Sonjas – ihr Hintern hatte sich von der Matratze gehoben, sie ließ die Hüften kreisen, drückte sich an mich, zog sich wieder zurück, und Julie sah zu. Irgendwann wußte ich nicht mehr, für wen ich das eigentlich tat – für Sonja, für Julie, für mich? Es war, als ob ich nur Mittlerin war für etwas, was die beiden miteinander teilten, ich tat etwas, was beiden gefiel, der einen als Anblick, der anderen als Gefühl, und meine Aufgabe war, es für beide möglichst gut zu machen.

Und als Sonja plötzlich nach meiner Hand griff und sie tiefer zwischen ihre Beine schob, überraschte es mich nicht, als Julie sich zur Seite beugte, unters Bett langte, etwas hervorholte und mir zuwarf. Ich lächelte sie an, und sie grinste zurück, eine unausgesprochene Warnung in den Augen. Dennoch war es in Ordnung, und so nahm ich den Latexhandschuh und zog ihn mir langsam über die Finger.

„Komm schon", flüsterte Sonja heiser, und ich legte mich dicht an sie, zog sie ein Stück höher, und noch während ich einen Arm fest unter sie schob, drang ich mit zwei Fingern in sie ein. Ich drang in sie ein und beobachtete ihr Gesicht, sie verzerrte die Lippen, aber kein Laut kam aus ihrem Mund, sie preßte die Zähne zusammen, und erst beim dritten Mal, als ich fester zustieß, keuchte sie auf.

„Mehr", sagte sie laut und deutlich und schlang ihre Arme um meine Schultern. „Mehr!"

Und ich gab ihr mehr. Ich stieß zu, fester, und dann noch fester, und sie stieß zurück, und ich hörte nichts mehr außer ihrem Atem, laut und schnell, und ihre Finger bohrten sich in meine Schultern, ihre Hüfte bumste gegen meinen Bauch, schneller und schneller, und dann war eine Hand auf meinem Schenkel, aber es war nicht ihre, und ein Körper drängte sich von hinten an mich, Julie, eben noch war da Stoff zwischen uns gewesen, dann war er fort, fortgerissen von Julies zerrenden Fingern. Julies runde Brüste an meinem Kreuz, ihre Beine, sie schob eines über meine, ihr vertrauter Körper hinter mir, und sie machte mit, machte die Bewegungen mit, hielt mich fest, und unter meiner Achsel hindurch glitt ihr Arm zu Sonja herüber, ihre Hand faßte nach Sonjas Hals, legte sich um ihren Nacken, und dann fühlte ich Julies Finger in mir, sie stieß mich, stieß mich ebenso, wie ich Sonja stieß, und alles verschwamm, ich konnte kaum mehr atmen, Julie, Julie, und jemand stöhnte, wer? Und dann konnte ich nichts mehr unterscheiden, alles war Haut, Fleisch, Berührung, Feuchtigkeit und Hitze. Auf einmal schob sich Julie über mich hinweg, drängte mich fort, und ich lag da, atemlos, und vor mir die beiden, Julie auf Sonja, die beiden Körper ineinander verschlungen, die Hitze warf mich zurück, und ich verharrte, reglos, und sah.

„Und, sie ist doch ein toller Hecht, oder?" Julie lag nackt auf der Seite und sah zu, wie Sonja sich anzog. Ich saß neben ihr, die Decke über den Knien, und rauchte eine Zigarette.

Mir war noch ganz schummerig.

Sonja lachte, während sie ihren Gürtel zuzog. „Ja. Allerdings. Hätte nichts dagegen einzuwenden, wenn du sie mir bei Gelegenheit nochmal ausleihst."

Pikiert stieß ich den Rauch aus.

Julie fuhr sich mit der Hand durchs Haar. „Ach", sagte sie und drehte sich auf den Rücken. „Ich glaube nicht. Weißt du, so einen tollen Hecht, den sollte man nicht überstrapazieren, sonst kriegt er noch Verschleißerscheinungen."

Mir fröstelte. Ich zog die Schultern hoch. Es würde mich nicht wundern, wenn die beiden sich jetzt auch noch miteinander verabreden würden. Das wäre dann Julies richtige Rache. Klar – irgendsowas würde jetzt kommen.

„Soll ich meine Nummer dalassen?" Sonja sah Julie an. Sie war jetzt fertig angezogen und stand in der Tür.

„Nein", erwiderte Julie. „Das überlassen wir dem Zufall."

Sonja zuckte die Achseln und kam zum Bett. Sie küßte erst mich auf die Wange und dann Julie, dann ging sie. Als die Tür klappte, sah Julie mich an.

„Alles klar?" fragte sie.

„Ja", sagte ich, obwohl mir eigentlich gar nichts klar war. Julie musterte mich, dann beugte sie sich nach hinten, kam wieder hoch und warf mir mein Hemd zu. „Da", sagte sie, „jetzt darfst du."

„Was?"

„Dein Hemd anziehen. Das wolltest du vorhin doch unbedingt. Ich habe gesagt, hinterher. Jetzt ist hinterher."

Ich nahm das Hemd und zögerte. „Hinterher – Julie, kommt jetzt noch was hinterher?"

Sie sah mich lange an. Dann lächelte sie. „Jetzt ist hinterher. Und alles, was hinterher kommt, ist jetzt schon gekommen. Alles klar?"

Diesmal war mir wirklich alles klar. Und erleichtert zog ich endlich mein Hemd an.

Hose, Hemd und Jacke

Die Mode gestattet es jeder Dame, aufzufallen, ohne als Dame mißdeutet zu werden.
Sigmund Graff

Lola begegnete ihr an der Straßenecke. Annette kam gerade vom Einkaufen und trug eine schwere Plastiktüte in der Hand, Honda lief ein Stück voraus, im Maul die zusammengerollte Fußmatte, die Annette in der Haushaltswarenabteilung erstanden hatte. Annette betrachtete Hondas stolz aufgerichteten Schwanz und das seltsame Hüpfen, daß der Hund sich immer zulegte, wenn er etwas im Maul trug, dann blickte sie auf und sah Lola, die gerade um die Ecke bog. Auf dem Kopf trug Lola eine blonde Fransenperücke und in der Hand einen langen Ledergürtel, an dem sie einen riesigen Koffer auf Rollen hinter sich her zog. Die Sonne am Himmel schob sich zwischen zwei Wolken hervor und tauchte den staubigen Gehsteig in ein grelles Licht. Annette mußte die Augen zusammenkneifen. Lola kam näher, den Blick auf Honda gerichtet, der stehengeblieben war und angefangen hatte, die Fußmatte wie wild zu schütteln. Lolas rote Lackstiefel leuchteten, ihr grünes Kostüm glänzte, und Annette blieb ebenfalls stehen und sagte: „Verreist du?"

Es war schwer zu sagen, wer von beiden überraschter war. Der Gürtel glitt Lola aus den Fingern und fiel zu Boden. Sie bückte sich rasch, hob ihn auf und sah erst zu Honda, dann zu Annette. „Ja, aber nur für drei Tage. Der Koffer sieht dicker aus, als er ist."

„Was?"

Lola pustete aus dem Mundwinkel nach oben. Der Fransenpony hob sich und fiel ihr wieder in die Stirn. „Ich meine, ich packe immer viel zu viel ein. Ich kann es irgendwie nicht ändern, auf einmal sind all diese Sachen in meinem Koffer, und ich weiß genau, daß ich die Hälfte davon überhaupt nicht brauche, aber ich bringe es nicht fertig, wieder auszupacken."

Eine neue Wolke schob sich vor die Sonne. Honda ließ die Fußmatte fallen und schnupperte interessiert an Lolas Stiefel. Lola bückte sich und legte Honda die Hand auf das weiche schwarze Fell zwischen den Ohren. Honda biß hastig in die

Matte und fing wieder an, sie zu beuteln. Lola zog verlegen ihre Hand weg.

„Vielleicht können wir ja mal was zusammen trinken, wenn du wieder da bist", sagte Annette.

Lola pustete wieder ihren Pony hoch. Ihr Gesicht wurde ganz weich. „Ja, klar."

„Also, bis dann. Viel Spaß noch!" Annette nahm die Tüte in die andere Hand und ging weiter. Honda preschte vorbei. Die Fußmatte hing ihm schief im Maul und schleifte mit der Kante über den schmutzigen Bürgersteig.

Im Bus lehnte sich Lola in den Sitz zurück und preßte den Nacken in den weichen Polyesterbezug der Kopflehne. Mit einem tiefen Brummen fuhr der Bus an und glitt sanft aus dem Busbahnhof hinaus. Die metallenen Verstrebungen der Straßenlaternen zogen in einer schnurgeraden Reihe an Lolas Augenwinkel vorüber. Sie atmete tief aus und legte eine Hand auf ihre Brust. Ihr Herz pochte schnell und hart, sie spürte das Beben in ihren Fingerspitzen, durch den Stoff ihrer Bluse hindurch. Lola sog hastig den Atem ein und stieß ihn heftig wieder aus. Ihre Gedanken klickerten holprig aneinander wie das unregelmäßige Rattern einer Nähmaschine, in der die Spule fehlerhaft eingesetzt war. Weiß sie was, was weiß sie, ahnt sie was, hat sie meine Blicke richtig gedeutet, oder wie kommt sie darauf, mich auf einmal anzusprechen? Lola sog wieder die Luft ein. Diesmal mußte sie husten.

Auf dem Nachhauseweg schüttelte Annette immer wieder verwundert den Kopf. Honda ließ die Matte fallen und pinkelte in eine Rabatte. Annette sah Lolas verblüfften Gesichtsausdruck vor sich. Woher waren die Worte gekommen? Aus dem Nichts, oder? Auf einmal waren sie dagewesen, und sie hatte sie ausgesprochen, ohne es vorgehabt zu haben. Seit neun Jahren wohnten sie und Lola in der gleichen Straße, Annette in der Mitte, direkt im Eckhaus an der großen Kreuzung, und Lola ganz hinten am Ende, dort, wo die Straße in eine kaum befahrene Nebenstraße mündete. Seit neun Jahren kannten sie sich vom Sehen, und seit fast ebenso langer Zeit grüßten sie sich, wenn sie sich auf der Straße begegneten oder beim Ausgehen. Irgendwoher wußte Annette Lolas Namen, wenngleich sie sich nicht daran erinnern konnte, woher, und sie war sicher, daß Lola ihren auch kannte, aber sie hatten noch nie mehr miteinander gesprochen als ein paar beiläufige Worte. Lola war immer dagewesen, wie eine Fliege, die am Rande des Gesichtsfelds mitfliegt, manchmal verschwindet, wieder auftaucht, die aber nie wirklich wahrgenommen wird. Annette schüttelte wieder den Kopf.

Als sie die Haustür aufschloß, hatte sie das Ganze wieder fast vergessen. Allerdings träumte sie in dieser Nacht von Lola, am Morgen wußte sie noch, daß Lolas Hände sie gestreichelt hatten, Hände mit langen Fingernägeln ohne Nagellack, aber der Traum verblaßte rasch. Und dann dachte sie überhaupt nicht mehr an Lola.

Sie fiel Annette erst wieder ein, als sie etwa eine Woche später der Abwechslung halber einen anderen Weg für ihren morgendlichen Rundgang mit Honda einschlug als gewöhnlich. Statt nach rechts ging sie nach links, und am Ende der Straße kam sie an Lolas Haus vorüber. Sie blieb stehen und betrachtete die grüne Holztür. Einmal war sie mit einer Freundin hier vorbeigelaufen. Lola hatte im Türeingang gestanden, in einem paillettenbesetzten Kleid, kniehohen Stiefeln und mit einer schwarzen Langhaarperücke auf dem Kopf. Sie schlenkerte mit ihrer altmodischen Handtasche und nickte Annette zu, und Annette hatte zurückgegrüßt. Als sie außer Hörweite waren, hatte Irene verwundert gefragt, wer das gewesen sei, und Annette hatte gesagt: „Das ist Lola."

„Ist sie... ich meine, hier... ich hätte nie gedacht, daß in dieser Ecke..."

„Sie wohnt dort", hatte Annette gesagt.

„Ach so, ich dachte schon."

Annette ging weiter. Damals hatte sie wahnsinnig über Irenes Gesichtsausdruck lachen müssen. Aber jetzt, wenn sie so darüber nachdachte, war ihr unbehaglich zumute. Schließlich hatte sie nicht die geringste Ahnung, was Lola für eine war. Und selbst wenn... was ging sie das eigentlich an? Nichts. Oder doch?

Von da an mußte sie immer wieder an Lola denken. Es war so, als ob Lola immer zu nahe gewesen wäre, als daß Annette sie richtig hatte erkennen können. Auf einmal schien es einen Abstand zu geben, und aus diesem Abstand heraus nahm Annette Lola zum ersten Mal richtig wahr. Und hatte das Bedürfnis, sie sich einmal genauer anzusehen.

Drei Abende später, als sie vom Volleyball kam, bog Annette kurzentschlossen in Lolas Straßenhälfte ein. Vor Lolas Haus hielt sie an, stieg vom Rad und ging zur Tür. Im Hauseingang waren eine Reihe von Klingelschildern angebracht. Möller, Janowski, Schwarz, Schinkeler, Aker, Czicis... Jeder Name hätte Lolas Nachname sein können. Alle waren sie in kleinen schwarzen Buchstaben in weiße Plastikschildchen eingeprägt, nirgendwo gab es handschriftliche Zusätze oder auch nur den Anfangsbuchstaben eines Vornamens.

Unschlüssig schob Annette ihr Fahrrad am Lenker vor und zurück. Plötzlich erklang im Hausflur das Klappern von Pfennigabsätzen, dann ging die Tür mit einem leisen Quietschen auf, und Lola erschien, angetan mit einem gelben Kleid, eine abgeschabte Damenhandtasche unterm Arm und eine mit Troddeln besetzte Pelzmütze auf dem Kopf. Annette starrte sie an. Lola starrte zurück.

Annette räusperte sich. „Ich wollte mich mit dir verabreden."

„Jetzt?" krächzte Lola.

„Nein", sagte Annette und spürte, wie ihr der Lenker aus der Hand glitt. Das Fahrrad schwankte und fiel krachend zu Boden. „Vielleicht für morgen abend."

Lola blieb stehen, während Annette das Rad wieder aufhob.

„Morgen ist gut", sagte Lola und blies ihren Pony hoch. Eine Haarsträhne blieb stehen.

„Wie wär's um neun? Vielleicht im *Oscar*?" Annette bückte sich und gab vor, ihre Gangschaltung zu inspizieren.

„Okay", sagte Lola mit schwacher Stimme.

Annette warf ihr einen vorsichtigen Blick zu und stieg auf ihr Rad. „Gut, bis dann", sagte sie und hob zum Abschied die Hand. Die Kette krachte laut, als sie anfuhr. Sie sah sich noch einmal um. Lola war verschwunden, und die Haustür fiel gerade wieder ins Schloß. Sie ist wieder reingegangen, dachte Annette. Komisch. Den Rest des Weges pfiff sie.

Lola zog sich die Perücke vom Kopf, pfefferte sie in die Ecke und riß erneut ihre Schranktür auf. Buntgemusterte Kostüme und Kleider in grellen Farben bauschten sich ihr entgegen. Sie zerrte eine knallgrüne Bluse mit aufgenähten rosa Blumen heraus, hielt sie sich vor den Leib und sah an sich hinunter. Das Grün biß sich mit dem Orange ihrer hochhackigen Stiefel. Sie warf die Bluse zur Seite und zog ihr Lieblingskleid heraus. Die Paillettenbesätze hatte sie eigenhändig in mühevoller Kleinarbeit auf den roten Samt genäht. Normalerweise fühlte sie sich unwiderstehlich, wenn sie dieses Kleid trug, aber heute brachte sie der Anblick zur Verzweiflung. Viel zu aufdringlich, viel zu ordinär. Was in aller Welt sollte sie bloß anziehen? Hatte sie denn überhaupt keine ordentlichen Klamotten? Einigermaßen ordentliche jedenfalls, so ähnlich, wie Annette sie trug, Jeans, Hemden, vielleicht ein Pullover in gedeckten Farben?

Sie schluchzte auf, hängte das Kleid zurück und schlug die Hände vors Gesicht. Rückwärts stakste sie zum Sofa, ließ sich darauf niedersinken und atmete tief durch. Dann nahm sie die Hände vom Gesicht und öffnete ein Auge. Fummel. Sie hatte nichts als alberne, lächerliche Fummel anzuziehen. Sicher, originell war ihre Kleidung schon, und gewiß stach sie, Lola, damit aus der Menge heraus, aber bei Tageslicht betrachtet und in Gedanken an das bevorstehende Rendezvous mit Annette kam sie sich vor wie ein häßliches Entlein, das vorhat, sich in eine billige Vogelscheuche zu verwandeln.

Lola betrachtete den gelben Hosenanzug, der vor ihr auf dem Boden lag. Er sah albern aus, schlichtweg albern. Sie stieß erneut einen Schluchzer aus, rannte zum Fenster, riß es weit auf und wollte eben laut hinausheulen, als sie auf der anderen Straßenseite Annette und ihren Hund entdeckte. Zitternd preßte Lola sich an den Fensterrahmen. Der Hund lief von einem Baum zum anderen und schnüffelte schwanzwedelnd, Annette ging langsam, die Hände tief in den Hosentaschen ihrer schwarzen Hose, offensichtlich in Gedanken versunken. Über den Rand ihrer dunkelblauen Bomberjacke ragte der Kragen eines grauen Hemdes hervor.

Lola sah auf die Uhr. Acht. Das also würde Annette heute abend tragen. Leise schloß sie das Fenster und drehte sich um. Hose, Hemd und Jacke, dachte sie. Hose, Hemd und Jacke.

Annette war zu früh dran. Unschlüssig stand sie im Eingang des *Oscar* und sah sich um. Es war zu leer hier. Eindeutig zu leer. Leise Gitarrenklänge wehten aus den Lautsprechern, hinterm Tresen wischte ein hagerer Barkeeper mit ausdrucksloser Miene Gläser trocken und sah ab und zu unbeteiligt zu ihr herüber, ein anderer huschte lautlos zwischen den Chromtischen umher und stellte Aschenbecher ab. Vereinzelt saßen gutgekleidete Gäste herum, lasen Zeitung oder unterhielten sich gedämpft über einer Tasse Cappuccino.

Annette kniff die Lippen zusammen. In dieser beklemmenden Atmosphäre würde ihr mit Sicherheit nichts zu reden einfallen. Noch dazu war sie ratlos, wo sie sich hinsetzen sollte. Am Tresen würde der Barkeeper garantiert jedes Wort mithören. Auf der Empore war es zu abgeschieden, und zwischen den anderen Gästen würde sie sich beobachtet fühlen. Der Keeper sah wieder zu ihr her, und Annette setzte sich in Bewegung. Mit harten Schritten und laut klackenden Absätzen durchquerte sie den Raum. Wie auf Befehl verstummte die Musik. Sämtliche Gäste sahen auf und starrten sie an.

„N'Abend", sagte Annette in die Stille hinein.

Niemand antwortete.

Die Tür krachte laut, als Lola versuchte, sie aufzuziehen. Sie probierte es nochmal, und dann ein drittes Mal, bevor sie unmittelbar in Augenhöhe das kleine Schild mit der Aufschrift „Drücken" entdeckte. Lola seufzte und stieß die Tür auf. Entschlossen stürmte sie hinein.

Erst, als sie in der Mitte des Raumes angelangt war, gestattete sie sich einen Blick in die Runde. Die Hocker am Tresen waren leer, auf der Empore flüsterte ein verliebtes Pärchen miteinander, hinten an der Wand hockte zusammengesunken eine Gestalt mit einer bunten Kappe auf dem Kopf, und an den anderen Tischen saßen vereinzelt zeitungslesende Gäste. Annette war nicht da. Lola drehte sich um und sah auf die Uhr überm Tresen. Zehn nach neun. Verunsichert trat sie von einem Fuß auf den anderen und dachte angestrengt nach. Ihre Füße schmerzten in den ungewohnten Stiefeln. Sie hatte sie jahrelang nicht angehabt, nicht, seit sie angefangen hatte, Pumps und Stiefeletten zu tragen. Sie mußte sich schleunigst setzen, sonst kippte sie gleich aus den Latschen.

„Lola!"

Lola drehte sich um. Die Gestalt mit der bunten Kappe hinten an der Wand war aufgestanden und winkte ihr zu. Lola blinzelte.

Es war Annette. Sie trug ein rotes Hemd und eine bunte Kappe, aber es war eindeutig Annette. Lola schob die Hände in die Taschen ihrer Hose und ging los.

„Du trägst ja Hosen", sagte Annette.

Lola errötete leicht.

„Ja."

Annette kratzte sich verlegen im Nacken. „Setz dich doch."

Sie zog den Stuhl neben sich ein Stück vor, und Lola setzte sich hin.

„Ich meine nur", sagte Annette, „ich hab' dich vorher noch nie in Hosen gesehen."

„Ja, kann sein. Ich trage nicht oft Hosen. Ich trag' meistens Röcke oder Kleider. Ich habe eine ganze Menge Kleider, irgendwie trag ich wirklich am allerliebsten Kleider, vor allem solche, die ich selbst genäht hab' oder solche vom Flohmarkt, eigentlich erstaunlich, als Mädchen habe ich Kleider gehaßt, aber jetzt..." Lola verstummte abrupt und wurde vollends rot. Das passierte ihr immer. Immer, wenn sie verlegen war, fing sie an, wie ein Wasserfall zu reden.

Gottseidank fand Annette ihren Redeschwall offensichtlich nicht besonders merkwürdig, sie lächelte Lola freundlich an und kratzte sich wieder im Nacken. Lola musterte Annettes Hemd genauer. Es war knallrot. Irgendwie irritierte sie das. Diese Kappe und dieses Hemd schienen so gar nicht zu Annette zu passen, und außerdem saß Annette so verkrampft da, so, als ob sie sich unwohl fühlte, genauso unbehaglich, wie Lola in ihren Hosen und dem braunen Pullover zumute war, den sie sich von ihrer Nachbarin ausgeliehen hatte. Wir sind beide falsch angezogen, dachte Lola. Daran liegt es. Wir sind beide falsch angezogen.

„Dein Hemd ist ja echt ein Knaller." Die Worte waren heraus, ehe sie sie zurückhalten konnte.

Annette nahm es als Kompliment. „Findest du? Ich hab es neu, heute gekauft." Sie sahen sich in die Augen. Gleichzeitig blickten sie wieder weg. Und dann sahen sie sich wieder an. Lolas Herz setzte für einen Moment aus.

„Was möchtest du denn trinken?" fragte Annette.

„Ich?"

„Ja."

„Ach so, ja, eine Cola, 'ne Cola wäre gut."

Annette nickte, stand auf und ging zum Tresen. Lola lehnte sich seufzend in ihren Stuhl zurück und schlüpfte umständlich aus ihrer Jacke.

Annette kam zurück und stellte zwei Gläser Cola auf den Tisch. Die Musik, ein Pop-Song, verstummte, und als nächstes erklangen leise Jazz-Klänge aus den Lautsprechern.

„Und wie war deine Reise?“ fragte Annette.

„Was?“

„Wie war deine Reise?“

Einen Moment lang hatte Lola nicht die geringste Ahnung, wovon Annette sprach. Dann fiel es ihr wieder ein. „Ja, nett“, sagte sie hastig, „ich war ja nur ein paar Tage weg, es war eigentlich ganz schön, ich war am Meer, weißt du, drei Tage, auf Rügen, in einem kleinen Hotel, viel spazierengehen. Schön da oben.“ Schon wieder! Herrgott. Sie hätte sich die Zunge abschneiden können.

Annette lächelte. Lola sah auf ihren Mund, das leichte Lächeln, das ihre Lippen kräuselte, und ihr Magen machte einen kleinen Hüpfer. Sie nahm ihre Zigaretten aus der Jacke, zog eine heraus und zündete sie an. Dabei fiel ihr Blick auf ihre Fingernägel, und voller Schrecken stellte sie fest, daß sie vergessen hatte, sie abzulackieren. Plötzlich brach alles zusammen. Nichts paßte, ihre Aufmachung, ihre Fingernägel, ihr ganzes bemühtes Verhalten um Normalität. Die Fingernägel verrieten alles. Und Annette merkte das auch. Lola warf ihr einen kurzen Blick zu. Annette betrachtete ebenfalls Lolas Fingernägel. Ertappt. Lola steckte eine Hand in die Hosentasche und hielt die andere so, daß Annette sie nicht mehr sehen konnte.

Annette sah auf und blickte Lola mit ihren schönen, durchdringenden Augen an. Es war das erste Mal, daß Lola Annette von nahem betrachten konnte, so richtig in Ruhe, und sie kostete es in vollen Zügen aus. Dieser Mund...

„Was machst du eigentlich so?“ fragte Annette.

Lola riß sich aus ihren Phantasievorstellungen. „Ich bin in einer Bar.“

„In einer Bar? Was denn für eine?“

„Naja, so'n Laden halt. So'n Schuppen.“

„Schuppen?“

„Ja, so – plüschig eben.“

„Plüschig...“

Lola versuchte es noch mal. „Ja, so ein plüschiger Laden eben, ganz viel Vorhänge und so. Mit kleinen Tischen, 'ne Bar, Blumen, Zentifolien an den Wänden, Messingleuchter, also ziemlich plüschig das ganze Teil." Sie verstummte, dann setzte sie nach. „Da arbeite ich."

„Aha."

„Kennst du vielleicht ja, in Mitte, es heißt *Chérie*."

Gedehnt antwortete Annette: „Ne, glaub' nicht, daß ich das kenne. *Chérie*?" Ihre Augen verengten sich.

Lola betrachtete sie, dann war ihr plötzlich klar, was Annette dachte.

„Nein", sagte sie hastig, „ich glaube, du denkst jetzt was Falsches, es ist 'ne Bar, die mir gehört, zusammen mit zwei anderen Frauen, es ist eine Bar, kein Puff."

„Also, das habe ich ja nun auch gar nicht gedacht." Annette sah todernst drein, und genau daran erkannte Lola, daß sie mit ihrer Vermutung recht gehabt hatte.

Lola grinste. „Und selbst wenn. Selbst wenn du das gedacht hättest, das wäre ja doch auch egal, oder?"

Annette lehnte sich zurück und starrte sie an. „Tja, ich weiß nicht."

Lola fing an zu lachen.

Annette lachte nicht mit. Sie drehte ihr Colaglas zwischen den Fingern und sah verwirrt aus.

Der Kellner kam, um die Aschenbecher auszutauschen, und Lola stand wortlos auf und ging aufs Klo.

Dort stand sie vorm Spiegel und starrte sich an. Sie hatte Herzklopfen. Mein Gott, dachte sie, ich bin verliebt, ich bin verliebt in sie. Was mach' ich bloß.

Als sie zurückkam, standen zwei neue Cola auf dem Tisch, und Annette sah mit einem merkwürdigen Blick zu ihr auf. Lola setzte sich hin, trank schweigend und sah wieder zu Annette. Annette starrte zurück, immer noch mit diesem komischen Gesichtsausdruck. Was für ein Reinfall, dachte Lola. Sie muß denken, ich ticke nicht ganz richtig. Und wie aus weiter Ferne hörte sie Annette sagen: „Ich glaub', ich hab' mich verknallt in dich."

Annette kam es vor, als kämpfe sie sich durch schweren Sturm. Schräg vornübergebeugt, setzte sie einen Fuß vor den anderen, und Lola tat es ihr gleich. Mit jedem Schritt, den sie zwischen sich und das *Oscar* brachten, näherten sie sich zugleich Annettes Wohnung, und bei dem Gedanken daran verließ sie aller Mut. Sie konnte immer noch kaum glauben, daß sie Lola wirklich gefragt hatte, und noch weniger, daß Lola ja gesagt hatte. Aber hier gingen sie, schweigend, nebeneinander, in der Absicht, Annettes Bett zu einer Stätte lustvoller Leidenschaft zu machen. Ha, dachte Annette, das kann ja was werden. Ein kleiner Lacher kam aus ihrer Kehle, und Lola sah sie mißtrauisch von der Seite an. Ihr Gesicht trug keineswegs den frohen, erwartungsvollen Ausdruck, den man hätte vermuten können. Sie sah bange und unsicher aus, und Annette fragte sich, ob sie genauso dreinblickte. Aber dann sah sie Lolas Hals an, die feine Haut dort, und das heiße, unruhige Gefühl des Begehrens, das sie gestern und heute so drängend empfunden hatte, stieg wieder in ihr hoch.

„Wir sind gleich da“, sagte sie. Lola fing an zu grinsen. Und Annette blieb stehen, drehte sich zu ihr hin, öffnete die Arme, und Lola kam hinein, ungeschickt preßten sie sich aneinander, Annette torkelte rückwärts, fing sich wieder, Lola hing schwer in ihrem Arm, suchte nach ihrem Mund, und Annette drückte sie fest. Ihre Lippen fanden sich nicht gleich auf Anhieb, und noch während Annette sich von Lolas Hals zu ihrem Mund vortastete, wußte sie, daß es schwierig werden würde mit ihnen beiden. Sie waren keineswegs füreinander geschaffen, aber sie wollten sich trotzdem. Na denn, dachte Annette und schloß die Augen.

Wie lange ging das jetzt schon? Eine Stunde, oder länger? Lola öffnete ein Auge und sah dicht über sich Annettes puterrotes Gesicht. Ihr Mund war verbissen zusammengekniffen, ihre Kiefer arbeiteten mahlend, und ihre Augen waren fest geschlossen. Lola machte ihr Auge wieder zu. Sie spürte, wie Annettes Handgelenk schmerzhaft in ihre Hüfte drückte. Ihre Knie waren unbequem ineinander verkeilt, und so sehr sich Lola auch bemühte, es gelang ihr nicht, ihren eigenen Rhythmus zu finden, geschweige denn den Annettes. Aber sie wollte doch so gerne! Anstrengen, dachte sie und faßte Annettes Hinterbacken fester.

Verbissen und schweigend kämpften sie weiter.

Als Annette mit einem gequälten Schnauben ihren Arm unter Lolas Hüfte wegzog, erlosch auch das letzte Fitzelchen

Lust in Lola. Sie richtete sich auf, und Annette platschte flach von ihr herunter und blieb auf der Seite liegen. Verschwitzt und mit gerötetem Gesicht sah Lola zu Annette hinunter. „Also, ich weiß nicht", sagte sie. „Können wir nicht nochmal von vorne anfangen?"

Annette blinzelte. „Ja, wenn du meinst", sagte sie zögernd, aber die Erleichterung in ihrer Stimme war nicht zu überhören.

„Ich muß erst mal aufs Klo." Lola sprang aus dem Bett und lief in den Flur. Dort lag Honda und klopfte laut mit dem Schwanz.

„Hallo, Hund", sagte Lola. Honda hob den Kopf, klopfte noch einmal und ließ den Kopf wieder sinken.

Im Bad, während sie auf dem Klo saß und Annettes Kosmetika betrachtete, die ordentlich auf der Ablagefläche unter dem Waschbecken aufgereiht standen, seufzte sie tief auf. Ihr ganzer Körper vibrierte. Seit Wochen träumte sie von Annette, aber es haute nicht hin. Sie war zu aufgeregt. Lola legte den Kopf zurück und atmete aus.

Als sie ins Zimmer zurückkam, lag Annette auf dem Rücken, die Arme unter dem Kopf verschränkt, und sah ihr schläfrig entgegen. Lola kroch unter die Decke und preßte sich an sie. Nochmal anfangen, dachte sie. Nochmal anfangen. Sie streichelte Annettes weichen Rücken. Nach einer Weile fielen ihr die Augen zu.

Als sie aufwachte, schien helles Sonnenlicht ins Zimmer, und Annette saß auf der Bettkante und hielt eine Kaffeetasse in der Hand. Sie sah Lola nachdenklich an, und ihre entspannte Haltung verriet, daß sie schon länger so dasaß. Bei Annettes Anblick fing Lolas Herz sofort an, freudig und aufgeregt zu schlagen. Aber im nächsten Moment fiel ihr der ganze verkorkste Abend wieder ein. Eingeschlafen war sie! Einfach eingeschlafen!

„Kaffee", sagte Annette und lächelte sie ernst an.

Lola stemmte sich hoch und nahm ihr vorsichtig die Tasse ab. Annette sah zu, wie sie trank. Ihr Gesicht war verschlossen. Sie überlegt, wie sie mich loswerden kann, dachte Lola. Ihr Herz sank.

„Lola?"

Lola sah sie an. Annettes Mundwinkel zitterten leicht.

„Hast du immer noch Lust, nochmal von vorn anzufangen?"

„Jetzt?“ fragte Lola entsetzt. Ich bin doch noch gar nicht wach, dachte sie. Ach, du lieber Gott. Scheiße.

„Nicht jetzt“, sagte Annette. „Überhaupt.“

Überhaupt, dachte Lola. Überhaupt. Sie sah Annette in die Augen, und Annette sah forschend zurück.

„Ja“, sagte Lola. Und dann fluteten der ganze Schrecken und die Aufregung aus ihr heraus, und sie fing an zu weinen, und zwischen den Tränen hindurch sah sie, wie Annettes Gesicht weich wurde, wie sie sich nach vorne beugte, ihr die Tasse aus den Händen nahm und ihre Arme um sie legte.

„Ich auch“, flüsterte Annette und drückte sie fest.

Meiner Freundin Schätzchen

„Also, wie sieht's aus?" Ihre Stimme klang schon leicht ungeduldig.

Ich wickelte mir die Telefonschnur um Daumen und Zeigefinger. „Du kennst doch genug andere Leute. Bist du sicher, daß du heute mit mir vorlieb nehmen willst?"

Ein Schnauben kam durch den Hörer. Es hätte Belustigung oder auch Gekränktheit sein können, aber wie ich Jenny kannte, war es Empörung. „Stell dich nicht so blöde an. Wenn ich dich anrufe, um dich zu fragen, ob du heute mit mir ausgehst, dann wird das schon seinen Grund haben."

„Und welchen?" fragte ich scheinheilig und betrachtete die Telefonschnur.

„Weil ich Lust darauf habe. Herrgott! Bist du so eitel, daß du nicht mal eine Verabredung treffen kannst, ohne vorher zehn Schmeicheleien zu hören?"

Ich mußte lachen. Die Schnur rutschte von meinen Fingern, schnellte gegen das Telefon und riß mir fast den Hörer zwischen Schulter und Kinn weg, wohin ich ihn elegant geklemmt hatte. Hastig griff ich danach und bewunderte im stillen meine Geschicklichkeit. „Jenny, bist du noch da?"

„Ja." Jetzt war sie entnervt.

„Also gut, wir treffen uns."

„Na endlich. Soll ich jetzt Beifall klatschen?"

Als ich um die Ecke bog, stand sie schon da, ein Bein vorgeschoben, die rechte Hand auf der Hüfte des anderen. Mit der Linken tippte sie nervös an ihrer Zigarette herum. Ihre hellen Augen waren konzentriert auf das lange Aschenende gerichtet, die Stirn war gerunzelt, und ich hoffte nur, daß das nicht mir galt. Sie sah mich und warf die Zigarette fort.

„Wie schön, daß du auch noch mal kommst."

Ich zuckte die Achseln und setzte mein charmantestes Lächeln auf. „Ich bin pünktlich. Du siehst wunderbar aus."

Sie warf verächtlich den Kopf zurück und blitzte mich an. „Danke. Ich bin froh, daß du dich entschlossen hast, nicht in Arbeitskleidung zu erscheinen."

Was sollte das nun wieder heißen? „Ich denke, mein Tagewerk habe ich für heute schon verrichtet."

Sie hob eine Augenbraue. „Wer weiß?" sagte sie schnippisch und trat in den Eingang des Restaurants. Ich beeilte mich, ihr die Tür aufzuhalten.

Natürlich hatte ich mich feingemacht und trug meinen schwarzen Anzug mit passendem weißen Hemd und silbernem Neck-Tie, und natürlich hatte sie sich ebenfalls feingemacht und prunkte in einem engen, schwarzen Kostüm, High Heels und dunklem Mantel, nicht zu vergessen der lange weiße Schal, den sie sich graziös um den Hals geworfen hatte. Und natürlich half ich ihr geschickt aus dem Mantel und schob ihr fürsorglich den Stuhl zurück, ganz wie der formvollendete Kavalier, der ich heute abend zu sein gedachte. Man hätte uns für das junge, aufstrebende Ehepaar des Jahres halten können, wenn man nicht bemerkte, daß es sich bei uns beiden um Vetreterinnen des weiblichen Geschlechts handelte, oder, falls einem auch das entgangen wäre, daß Jenny an der linken Hand einen Ehering trug, ich dagegen nicht.

Jenny fuhr mit ihren langen Fingern über die Speisekarte, ihre Augen trugen wieder jenen konzentrierten Ausdruck, mit dem sie alles beobachtete, was ihre unmittelbare Aufmerksamkeit erregte. Ich beobachtete sie fasziniert verstohlen.

„Was starrst du denn so?“ murmelte sie zwischen zusammengepreßten Lippen hervor und warf mir einen flüchtigen, zurechtweisenden Blick zu.

„Ich sehe dir nur zu, das ist alles“, sagte ich und wandte mich meinerseits der Karte zu.

„Mach das nicht zu lange, sonst fallen dir noch die Augen raus“, erwiderte sie und klappte die Karte energisch zu. Der Kellner stand wie aus dem Nichts aufgetaucht bereits neben ihr und nahm ihre Bestellung beflissen entgegen. Ich fügte meinen Wunsch hinzu und ließ mich wohlig in den bequemen Stuhl zurücksinken, um in aller Seelenruhe das Lokal zu inspizieren. Als mein Blick auf Jenny fiel, musterte sie mich mit jenem herausfordernden, fast wütenden Blick, den ich bei ihr schon des öfteren gesehen hatte, vor allem, wenn sie *mich* ansah. Jedesmal hatte ich den Eindruck, daß sie darüber nachdachte, welche meiner ungenügenden Wesenseigenschaften – es durfte aber auch ein Fussel an meiner Jacke sein – sie als erstes mit schneidender Kritik zur Sprache bringen sollte. Nein, wollte. Jenny sollte nie, sie wollte höchstens.

„Und?“ sagte ich leichthin, um ihr zuvorzukommen. Das

war ein Fehler. Ihre Augen zogen sich zusammen, und sie blies die Backen ein wenig auf, bevor sie das Wort ergriff.

„Was und?“

„Jetzt guckst du so.“ Ich schnippte eine Zigarette aus der Packung und hielt sie ihr hin. Sie nahm sie und wartete, bis ich ihr Feuer gab. Das Feuerzeug zündete erst beim dritten Versuch, und ich fühlte förmlich, wie sie es im Geiste als weiteren Punkt auf ihre Mängelliste setzte.

„Da wir den Abend miteinander verbringen werden, darf ich mir ja wohl das Recht herausnehmen, dich anzusehen.“

Ich nickte. „Selbstverständlich“, sagte ich und legte das Feuerzeug behutsam zwischen uns auf den Tisch. Der Kellner kam und brachte die Getränke. Ich hob mein Glas in ihre Richtung und lächelte. „Wie geht es dir denn, so allein?“

„Prächtig.“ Sie war anscheinend noch nicht in Stimmung, behaglich zu plaudern. Ich hoffte nur, daß das noch käme.

„Hat Michaela schon angerufen?“

„Gestern. Schöne Grüße.“ Das klang schon versöhnlicher. Ich riskierte einen Blick zu ihr hin. Sie betrachtete erneut konzentriert ihre Zigarette. Hinter ihrer gerunzelten Stirn arbeitete es. Ich wartete einen Moment ab, dann stieß ich nach. „Und, was treibt sie so?“

Sie warf den Kopf ruckartig hoch und sah mich an. Ihre Augen funkelten. Unwillkürlich duckte ich mich tiefer in meinen Stuhl.

„Was soll sie schon treiben? Arbeiten, vermutlich. Ich hoffe, sie arbeitet so viel, daß sie abends nur noch todmüde ins Bett fällt.“

Aha. Daher wehte der Wind.

„Komm, Jenny, du machst dir doch wohl keine Gedanken“, sagte ich leichthin.

„Gedanken?“ Sie spie das Wort dermaßen giftig heraus, daß ich in der Ferne schon die Schlange klappern hören konnte. „Gedanken! Natürlich mache ich mir Gedanken, aber ganz bestimmt nicht über das, was du glaubst.“

Ich sah den Kellner von hinten heraneilen, unsere Gerichte in der Hand balancierend, und bemühte mich eilends, sie zu beschwichtigen. „Dann ist es ja gut. Da kommt ja auch schon unser Essen.“

Sie überhörte meine Bemerkung und starrte mich forschend mit zusammengekniffenen Augen an. Der Kellner stellte die Teller vor uns hin, ich dankte freundlich, Jenny nickte, er verbeugte sich leicht (wieso eigentlich nur in ihre Richtung?) und verschwand.

Ich faltete die Serviette auseinander und wollte gerade die Gabel zum Mund führen, als Jenny sich vorbeugte.

„Du glaubst wohl, ich sitze wie eine eifersüchtige Pute daheim und gräme mich? Da hast du dich aber geschnitten. Mir doch wurscht, wie viele Gestelle sie da unten durchbumst, ich habe schon meine eigenen Beschäftigungen."

„Ach", sagte ich und legte die Gabel wieder hin. Jetzt war es an mir, die Ehre meiner besten Freundin zu verteidigen. „Erstens halte ich dich gewiß nicht für eine eifersüchtige Pute, zweitens bezweifle ich nicht im geringsten deine Fähigkeit, dich selbst zu beschäftigen, und drittens, und das ist ja wohl das Wichtigste, drittens ist Michaela dir voll und ganz ergeben."

Das schien sie zu besänftigen. Sie nahm Gabel und Messer in die Hand und machte sich daran, ihren Seeteufel zu zerlegen. „Meinst du", sagte sie, weniger zweifelnd als vielmehr zufrieden. Sie kaute, schluckte und sah mich dann wieder an. Das erste richtige Lächeln an diesem Abend erschien auf ihrem Gesicht, und mir war, als sei die Sonne aufgegangen. „Ich finde es nur recht lange, vier Wochen. Schmeckt dein Essen?"

Beglückt über mein Geschick, sie in bessere Stimmung versetzt zu haben, strahlte ich sie an. „Hervorragend."

„Mein Gott, dann iß doch endlich", sagte sie. Ich tat schleunigst wie geheißen.

„So", sagte sie, als ich ihr in den Mantel half, „und jetzt gehen wir tanzen."

„Und wohin möchtest du?"

„Du führst mich doch heute abend aus, also ist es deine Sache, mir eine anständige Unterhaltung zu bieten. Aber laß dir bloß was Gutes einfallen." Mit gerecktem Kinn stolzierte sie zum Straßenrand. Ich betrachtete ihren wohlgeformten Hinterkopf und kurbelte mein Gedächtnis an. Als altes Gewohnheitstier ging ich normalerweise immer in dieselben Lokalitäten; ich war schon stolz darauf gewesen, meinem nicht gerade mit Einfallsreichtum gesegneten Hirn den Gedanken an das Restaurant zu entlocken, in dem wir gerade gespeist und uns nett unterhalten hatten. Oben in der Straße tauchte ein Taxi auf. Bevor es in ihre Sichtweite kam, hatte ich die rettende Idee.

„Komm, wir gehen in den Dschungel, ist gleich um die Ecke."

Sie blickte mich mit hochgezogenen Augenbrauen an. „Dir ist wohl das Taxigeld zu schade."

Woher zauberte sie nur immer all die Fettnäpfchen, in die ich dann zwangsläufig treten mußte?

„Nein", sagte ich, „Ich war nur lange nicht mehr da."

Gnädig ließ sie es zu, daß ich ihren Arm nahm, und wir machten uns auf den Weg.

„Nett, daß du dich so für meine Arbeit interessierst", sagte sie und knüpfte damit an unser letztes Gesprächsthema an.

„Aber sicher interessiere ich mich dafür, was du machst." Ich bugsierte sie sanft um eine Pfütze herum, in der sich die Neonlichter der Geschäfte auf beiden Seiten der Straße spiegelten. Jetzt war auf meiner Seite eine Pfütze, und ich schwenkte schnell wieder in die andere Richtung. Jenny mußte drei kleine Extraschritte machen, und das gleichmäßige Klackern ihrer Absätze verwandelte sich in eine mißtönende Folge von Pistolenschüssen.

„Mein Gott, was ist denn mit dir los!" schimpfte sie. „Bist du nervös oder was?"

„Nein", erwiderte ich, aber plötzlich war ich nervös. Mit einem Mal war ich mir nur zu deutlich ihrer Nähe bewußt, und ihr schlanker Körper schien zuviel Wärme abzustrahlen, um mich kaltzulassen. Die nächsten fünf Minuten lauschte ich nur mit halbem Ohr ihrem munteren Geplapper, statt dessen richtete ich meine Aufmerksamkeit auf das Klackern ihrer Absätze, um mich abzulenken. Ich war froh, als wir den Dschungel erreichten.

An der Bar entschuldigte ich mich, ließ sie stehen und ging auf die Toilette. Während ich mir die Hände abtrocknete, betrachtete ich mich im Spiegel. Bildete ich es mir nur ein, oder war mein Gesicht etwas gerötet? Ich beugte mich näher heran, glättete meine Augenbrauen, drehte mich ins Profil und schob das Kinn ein wenig vor. Nicht schlecht. Dann fiel mir Michaela ein, und mein eitles Grinsen schwand. Hätte sie nicht jemand anderem auftragen können, während ihrer Reise ein Auge auf Jenny zu haben? Nein, natürlich nicht. Meine beste Freundin wußte schließlich genau, wie zuverlässig ich war. Ärgerlich, aber da war nicht dran zu rütteln.

Auf unerklärliche Art und Weise schien Jenny es geschafft zu haben, sich während meiner kurzen Abwesenheit einen Schwips anzutrinken. Sie sah mir mit leicht verklärtem Blick entgegen und grinste anzüglich.

„Na, hast du dich da unten wieder etwas beruhigt?“

Teufel auch, woher nahm dieses Weibsbild bloß immer ihre Intuition? Ich ließ mir nichts anmerken und orderte zwei neue Drinks.

„Und, was denkst du, wie lange brauchst du für deinen neuen Auftrag?“ fragte ich, in der Hoffnung, das Gespräch weiter in der unverfänglichen Bahn halten zu können, die es vorher angenommen hatte. Aber so leicht ließ sie sich nicht ablenken. Ihre Augen funkelten verräterisch.

„Wie steht's denn mit Ruth? Mal wieder gesehen?“

„Neulich“, sagte ich vage. Ruth war die eine meiner beiden letzten Liebhaberinnen gewesen. „Neulich“ war zwar zweieinhalb Wochen her, aber das brauchte Jenny ja nicht unbedingt zu wissen.

„Und Xenia?“ Das war die andere. Mir blieb aber auch nichts erspart. „Sie ist zur Zeit verreist“, sagte ich und sah zur Tanzfläche. Eine ganze Menge Leute tanzte mit ekstatischen Bewegungen zu den funkigen Rhythmen, die aus den Lautsprecherboxen schallten. Ich entdeckte ein bekanntes Gesicht und versuchte mich zu erinnern, bei welcher Gelegenheit ich mich mit dem Typen schon mal unterhalten hatte.

„Na, dann sitzt du wohl auf dem Trockenen zur Zeit“, sagte Jenny neben mir. Ich wandte mich um. Sie hatte ihren Drink schon wieder auf.

„Ich? Bestimmt nicht“, erwiderte ich lässig. „Du kennst mich doch.“

„Ich schätze, es wird mal Zeit, daß ich dich richtig kennenlerne. Deine Wundertaten kenne ich bis jetzt allenfalls vom Hörensagen“, grinste sie.

Die Härchen an meinem Nacken richteten sich auf. „Ach“, wehrte ich ab, „du bist doch gut bedient.“

„Zur Zeit nicht.“

Ich zuckte die Achseln und blickte starr an ihrem Gesicht vorbei. Hinter ihr zog eine Frau ihre Puderdose heraus und begann, sich die Lippen neu nachzuziehen. Ich sah in mein Glas.

„Laß uns tanzen", sagte sie. Achselzuckend ließ ich mich mitziehen.

Es war keine gute Entscheidung. Auf der Tanzfläche preßte sie sich dermaßen fest an mich, daß mir fast die Luft wegblieb, und hätte ich einen Schwanz gehabt, so wäre er spätestens jetzt mit Sicherheit dabeigewesen, sich durch ihren Rock samt darunter befindlichen Nylons zu bohren. Ich schob Jenny ein Stückchen von mir fort und bemühte mich um Contenance. Sie legte eine Hand flach auf meinen oberen Brustkasten und drückte zu. Dann krallte sie die Finger zusammen und zog sie abwärts. Ich spürte ihre Nägel durch mein Hemd hindurch meine Haut ritzen.

„Laß das", sagte ich fest. Sie lachte und drehte sich um. Ihr Hintern rieb sich an meiner Hüfte. Mit einer Hand faßte sie nach hinten und preßte meinen Unterleib fest an sich. Ich konnte nicht anders, ich ging ein wenig im Rhythmus mit, dann schob ich sie wieder ein Stückchen weg.

Sie brachte ihr Gesicht dicht vor meines.

„Feigling."

Ich tanzte weiter. Sie auch.

„Schlappschwanz."

„Ach, leck mich."

„Nein, du mich."

„Nein", sagte ich und mußte wider Willen grinsen.

Sie rammte mir ihre Faust in den Magen.

„Doch Schlappschwanz", sagte sie genüßlich.

„Hast du keinen Vibrator?"

Halb hatte ich den Schlag erwartet, aber ich war nicht schnell genug, sie erwischte mich trotzdem. Ich widerstand dem Drang, mir die schmerzende Wange zu reiben. Stattdessen legte ich die mir größtmögliche Arroganz in meinen Blick. Als ich es auch noch schaffte, dabei lässig zu grinsen, war ich ganz stolz auf mich.

„Mehr Schwung hast du wohl nicht drauf, wie?" sagte ich.

„Doch, und das kriegst du nachher noch zu spüren."

„Oh nein."

„Aber doch." Sie schürzte die Lippen, reckte siegessicher das Kinn vor und stöckelte davon.

An der Theke holte ich sie ein. Mit einer Hand wühlte sie in ihrer Manteltasche, die andere hatte sie um den neuen Drink geschlungen. Sie grinste den Barmann an, der sich erwartungsvoll vorgebeugt hatte, und er grinste erfreut zurück. Ich hielt ihm einen Zehner vor die Nase. Er verschwand, und mit ihm sein Grinsen. Jenny setzte das Glas an und betrachtete interessiert meine Wange.

„Du hast da einen netten roten Fleck“, stellte sie befriedigt fest.

„Ach, na sowas.“ Ich holte meine Zigaretten heraus und bot ihr eine an. Sie nahm sie mit spitzen Fingern und ließ sich Feuer geben.

„Ich hasse Schlappschwänze“, sagte sie und drehte sich zur Seite, um das Volk zu inspizieren. Bei aller Nachsicht, aber das konnte ich nun doch nicht auf mir sitzen lassen. Ich machte mich drei Zentimeter größer, legte meine Hand auf ihre Schulter und setzte zum Sprechen an.

„Jenny, jetzt ist es aber gut...“

Zack – ihre Zähne gruben sich in meinen Daumen. Die Schmerzwelle schoß durch meinen Arm bis in den Kopf hinauf und trieb mir das Blut ins Gesicht und fast die Tränen in die Augen. Ich preßte die Zähne fest aufeinander und krallte meinen Daumen und Zeigefinger so heftig in ihren Nacken, bis sie sich nicht mehr bewegen konnte.

„Hörst-du-jetzt-endlich-auf-verflucht-nochmal!“ zischte ich. Sie gab meinen Daumen frei, sah mich schräg von der Seite an, schnaufte und lachte dann.

„Das gefällt mir, mach weiter“, flüsterte sie. Natürlich ließ ich sie sofort los. Sie lehnte sich einfach an mich und legte ihren Kopf an meine Schulter.

Eine Weile schlürfte ich verdrossen mein Bier, während sie selig mit halbgeschlossenen Augen an meiner Schulter hing. Ihre plötzliche Friedfertigkeit war mir verdächtig, aber ich wollte nichts riskieren, also ließ ich sie da, wo sie war. Der Barmann kam und stellte unaufgefordert zwei neue Drinks vor uns hin. Er blinzelte ihr zu, und leider konnte ich aus meiner Perspektive ihre Reaktion nicht verfolgen. Nun denn, sollte es mir recht sein. Bitte sehr! Solange sie mich in Ruhe ließ...

Ich rätselte gerade, ob sie wohl ermattet genug sei, daß ich sie nach Hause bringen konnte, da hob sie den Kopf und starrte mich an. Ihre Augen waren halb geschlossen, aber das Funkeln darin ließ mich nichts Gutes ahnen.

„Tanzen“, befahl sie. Innerlich verdrehte ich zwar die

Augen und spannte vorsichtshalber meine Bauchmuskeln an, aber nichtsdestotrotz gehorchte ich. Diesmal hängte sie sich gleich in meine Arme und ließ sich anschmiegsam umherschwenken. Ich atmete auf. Zum Test nahm ich sie fester in meine Arme, und siehe da! – sie biß nicht, sie schlug nicht, sie kratzte nicht, sie seufzte einfach nur wohlig und legte ihr Gesicht in meine Halsbeuge. Selbst ihr Unterleib blieb artig.

„Wollen wir gehen?“ fragte ich freundlich und hängte zur Absicherung eine dreiste Lüge an: „Ich bin müde.“

Sie grunzte zustimmend in meinen Hemdkragen. Willig ließ sie sich zum Ausgang führen und betrachtete mich mit abwesendem Blick, als ich ihr wieder in den Mantel half und die Tür aufhielt. Auch auf der Straße blieb sie friedlich, und als ich die Taxitür zuklappte, legte sie erneut ihren Kopf an meine Schulter. Der Taxifahrer sah uns neugierig im Rückspiegel an. Wir boten sicherlich auch einen interessanten Anblick: ihr Haar war durcheinandergeraten, ihr Lippenstift verschmiert, und auf meiner Wange prangte ein roter Handabdruck.

„Erst in die Winterfeldstraße und dann weiter zur Urbanstraße“, wies ich den Taxifahrer an.

„Nein, gleich in die Urbanstraße“, sagte Jenny laut und deutlich neben mir.

Ich sah sie an. Sie starrte geradeaus und sah so wach aus, daß mir der Schweiß ausbrach.

„Spinn nicht“, flüsterte ich ihr zu, und, zum Taxifahrer gewandt: „Also, erst in die Winterfeld und dann in die Urban.“

„Nein, gleich in die Urban.“

„Was denn nun?“ fragte der Taxifahrer und sah mich finster an (wieso eigentlich mich?).

„Laß den Quatsch! Du fährst jetzt nach Hause und basta“, zischte ich zwischen zusammengepreßten Zähnen hervor.

Sie tat so, als hätte ich mit der Lederpolsterung gesprochen, und wiederholte: „In die Urban. Ecke Baerwaldstraße.“

Er fuhr los, und ich rückte dicht an ihr Ohr, um ihr ganz deutlich klarzumachen, wie die Dinge standen. Sie kniff mir so fest ins Knie, daß mir die Sprache wegblieb. Stattdessen kam ein Husten aus meiner Kehle, und Jenny grinste erfreut. Ich lehnte mich zurück und sah aus dem Fenster. Na gut, dann fuhren wir eben zu mir, und dort setzte ich sie dann ganz einfach in ein anderes Taxi. Wäre ja gelacht, wenn ich die Dinge nicht in den Griff bekäme. Gönnte ich ihr eben den kleinen Triumph, er war ja bald genug wieder zunichte.

Ihre Hand fuhr zwischen meine Schenkel. Ich riß sie weg, und sie kniff mich erneut. Ich schlug ihr auf die Finger, und der Taxifahrer rutschte auf seinem Sitz herum und sagte drohend: „Na, na!"

Jenny legt ihre Hand wieder auf mein Knie. Ich sah wieder aus dem Fenster. Okay, dann durfte sie eben noch ein wenig tätscheln. Ließ mich doch kalt.

Sie hielt dem Taxifahrer zwischen Zeige- und Mittelfinger einen Geldschein hin und stieg aus. Ich tat es ihr gleich, wobei ich schon nach dem nächsten Taxi Ausschau hielt. War da oben an der Ecke nicht ein gelbes Licht zu sehen? Als ich mich zu Jenny umdrehte, war sie weg.

„Jenny?"

Keine Spur von ihr zu sehen. Was tat sie, hockte sie im Rinnstein oder wie? Ich bückte mich, um unter das nächste geparkte Auto zu sehen, da schallte ihre Stimme aus meinem Hauseingang: „Nun komm mal endlich zu Potte, mir ist kalt."

Sie lehnte mit verschränkten Armen an der Haustür.

„Jenny, ich nehme dich nicht mit. Wir holen dir jetzt ein neues Taxi und du fährst nach Hause."

Statt einer Antwort klopfte sie meine Jackentaschen ab. Mein Schlüsselbund antwortete ihr mit einem gehorsamen Klimpern, und sie versenkte ihre Finger in der Tasche. Ich stieß sie weg, und sie riß mich wieder nach vorne. So ging es minutenlang weiter, lautlos, mit verkniffenen Lippen rangelten wir im Hausflur herum, und es wäre sicher noch eine Weile so weitergegangen, wenn sie nicht ihre Lippen auf meinen Mund gepreßt hätte. Reflexartig küßte ich sie, drängte sie gegen die Wand und schob meine Hände unter ihr Oberteil. Sie grub ihre Finger in meinen Hintern und zerrte mich an sich.

„Na endlich", flüsterte sie in meinen Mund. Das brachte mich zur Besinnung.

„Scheiße, nein", sagte ich und wand mich aus ihren Armen.

„Nicht zu glauben", sagte sie wütend. „Wieso zierst du dich so?"

Mir fiel nichts Passendes ein. Verlegen nestelte ich an meinem Hemd.

„Du tust geradezu so, als würdest du die Beziehung mit Michaela führen und nicht ich", sagte sie aufgebracht.

„Darum geht es nicht", erwiderte ich schwach, aber vor lauter Hitze war mir entfallen, worum es eigentlich ging.

„Los jetzt," sagte sie und warf mir einen geringschätzigen Blick zu, „mach die Tür auf, sonst knallt's."

„Hier knallt gar nichts", sagte ich, aber ich schloß die Tür auf.

In der Wohnung verschwand sie als erstes wankend im Badezimmer. Ich holte Aschenbecher und etwas zu trinken und setzte mich auf mein Sofa, um nachzudenken. Also, ich würde sie ins Bett verfrachten und mich aufs Sofa legen, und damit, befand ich, hätte ich alles getan, was in meiner Macht stünde. Irgendwann war schließlich auch ich am Ende meiner Kräfte angelangt. Michaela konnte ja wohl kaum erwarten, daß ich mir für diese Nacht ein Hotelzimmer nahm, oder?

Sie blieb merkwürdig lange weg. Schließlich stand ich auf und klopfte an die Badezimmertür.

„Jenny? Alles okay?"

Die Tür ging auf – ich konnte mich gerade noch eben so durch einen Sprung zur Seite vor einer schmerzhaften Kollision retten –, und Jenny kam herausgeschossen. Sie dampfte zielstrebig auf mich zu und schlang ihre Arme um mich. Ihr Mantel und ihr Oberteil waren verschwunden, auch ihr Rock und die Strümpfe hatten sich in Luft aufgelöst. Ich hatte eine halbnackte Frau, notdürftig mit schwarzer Reizwäsche verhüllt, im Arm. Rückwärts wurde ich zum Bett getrieben wie ein Lamm zur Schlachtbank. Ihre Zunge leckte wild an mir herum, und ihr heißer Atem ließ meine Haut am ganzen Körper prickeln. Wo auch immer ich hingriff, um sie abzuwehren, hatte ich heißes, nacktes Fleisch in den Händen. Meine guten Vorsätze begannen, es ihrer Kleidung nachzutun und sich in Luft aufzulösen. Sie schleuderte mich aufs Bett und sprang auf mich drauf.

„He..." brachte ich mühsam hervor. Jenny wälzte sich auf mir herum und hob den Kopf. Mit nachdenklicher Miene und gerunzelter Stirn sah sie mich an. Ich verharrte mit zum Zerreißen gespannten Nerven. Jetzt gleich...

Sie ließ den Kopf sinken und legte sich ganz auf mich. Auf einmal zuckte sie seltsam und wurde ganz schlaff. Ich wagte nicht zu atmen. So schnell?

Ich legte vorsichtig eine Hand auf ihren Rücken. Keine Reaktion.

„Jenny?"

Immer noch nichts. Ein-, zweimal strich ich mit den Fingernägeln über ihren Rücken. Sie seufzte undeutlich und rutschte von mir herunter.

„Jenny..."

Schweigen. Ich richtete mich behutsam auf und beugte mich über sie, um in ihr Gesicht sehen zu können. Sie hatte die Augen geschlossen, eine Hand bedeckte ihren leicht geöffneten Mund. Ihr Atem ging langsam und gleichmäßig. Ich legte mich geschlagen zurück. Eine Weile lag ich so, dann versuchte ich, meinen Arm unter ihrem Kopf wegzuziehen. Sie brummte unwillig. Ich hielt still und tat mein möglichstes, um mich zu entspannen.

„Laß das!" sagte sie plötzlich laut und deutlich und schlug mit einer Hand nach hinten gegen meinen Bauch. Ich kam mir vor wie ein Punching-Ball, sie erwischte aber auch jedesmal exakt die gleiche Stelle. Laß das? Was denn, um Himmels willen? In Ermangelung einer besseren Beschäftigung versuchte ich, darüber nachzudenken. Sie grunzte zufrieden und kuschelte sich dichter an mich. Ich lag da, starrte an die Decke und malte mir hundert Dinge aus, die ich doch nicht tun würde. Sie schnaufte zufrieden, drehte sich um und legte sich ganz eng an mich. Selig schmatzte sie leise in mein Ohr und grunzte abschließend. Ich schloß die Augen. Mein letzter Gedanke vorm Einschlafen war, was sie wohl morgen früh für ein Gesicht machte. Wahrscheinlich würde sie lachen.

Und so war es auch.

Ich muß

Es war genau der richtige Moment. Von meinem Platz an der Ecke der Theke hatte ich alles, worauf es ankam, fest im Blick. Seit einer guten Viertelstunde unterhielt sich Michaela oben auf der Empore nun schon mit einer alten Bekannten, und die Blicke, die sie ab und zu suchend über die Tanzfläche gleiten ließ, um dann befriedigt zu nicken, sobald sie Jenny entdeckte, begannen seltener zu werden. Schließlich zog sie einen Barhocker zu sich heran und setzte sich, ganz vertieft in das Gespräch. Ich rutschte sprungbereit auf meiner Sitzfläche ein Stück nach vorne und hielt nach Jenny Ausschau. Sie bahnte sich gerade einen Weg durch die Menge und steuerte auf die Tür zu, die zu den Toiletten führte. Was für ein braves Mädchen! Ich wartete, bis sie die Tür fast erreicht hatte, dann stand ich auf und folgte ihr mit schnellen Schritten. Sie ging unmittelbar vor einer Dunkelhaarigen hinein, und ich hielt die Tür einen Moment lang auf und warf einen Blick zu Michaela. Sie saß mit dem Rücken zu mir da, den Kopf vertraulich zu ihrer Bekannten herübergeneigt. Die nächsten zehn Minuten würde sie beschäftigt sein. Ich trat in den kleinen Vorraum.

Sowohl die Tür zur Damen- als auch die zur Herrentoilette fielen gerade langsam zu. Jetzt brauchte ich Glück, und das möglichst schnell. Ich biß die Zähne zusammen und stieß die linke Tür auf.

Vor dem Waschbecken standen kichernd zwei Mädels mit langen schwarzen Locken und zogen sich die Lippen nach. Sie verstummten, als ich zügig an ihnen vorbeiging, und warfen sich fragende Blicke mit hochgezogenen Augenbrauen zu. Ich wich einer Frau in Lederhosen aus, schob mich an einer Wartenden vorbei und trat um die Ecke. Jenny hatte schon fast die Türöffnung der freigewordenen Kabine ereicht. Beim Geräusch meiner Schritte drehte sie sich um, und als sie mich sah, glomm ein Funke in ihren hellen Augen auf: freudiges Erkennen und instinktives Wissen. Sie öffnete den Mund, um etwas zu sagen, aber ich schnitt ihr das Wort ab.

„Geh rein", sagte ich. Sie drehte sich widerstandslos um und gehorchte, aber nicht schnell genug. Ich stieß sie fast grob in die Kabine, trat rasch hinterher und verriegelte die Tür hinter mir. Na bitte. Glück gehabt. Den Rest schaffte ich alleine.

Sie stand dicht vor mir, eine Hand auf ihrer Hüfte, und sah mich aus schmalen Augen an.

„Und, was soll das jetzt werden?" fragte sie herausfordernd. Ihr Tonfall klang mir eine Spur zu frech. Mit der linken Hand stieß ich sie nach hinten und hielt sie dort gegen die Wand gepreßt, mit der rechten holte ich aus und scheuerte ihr eine. Ihr Kopf flog herum, und die Sehnen an ihrem Hals traten deutlich hervor. Noch bevor sie das Gesicht drehen konnte, um mich anzusehen, war ich an ihr und biß sie leicht in den Hals. Ihr Geruch, die Wärme ihres Fleisches machten mich schwindlig. Sie stemmte ihren Rücken gegen die Wand und schob ein Bein zwischen meine Schenkel. Während ich ihre Lippen suchte, zerrte ich hastig ihren Rock hoch. Sie öffnete ihren Mund und biß mir in die Unterlippe. Ich griff nach ihrem Arsch und zog sie so fest an mich, wie es nur ging. Die Luft war erfüllt von heißem Atem. Das Herz schlug mir heftig gegen die Rippen, und ich stieß Jenny wieder gegen die Wand. Sie preßte sich an mich, und ich stieß ein paarmal mit der ganzen Kraft meiner Lenden zu, bevor ich mich von ihr löste. Jetzt lächelte sie nicht mehr, ihre Augen waren ein einziges Flehen, und ein heiseres Stöhnen kam tief aus ihrer Kehle, als sie versuchte, die Arme um meinen Hals zu schlingen. Ich packte ihre Handgelenke mit beiden Fäusten und bog sie ihr auf den Rücken.

Sie keuchte vor Schmerz, und ihre zitternden Beine gaben nach. Ich sank mit ihr an der Wand entlang zu Boden, meinen Unterleib drängend an ihr Knie gepreßt. Im Rutschen riß ich ihr den Rock ganz hoch und zwängte meine Hände zwischen die Netzstrumpfhosen und das nackte Fleisch. Sie stöhnte mir in den Mund.

„Bitte, Baby..."

Ich schlug wieder zu. Diesmal prallte ihr Kopf gegen die Wand, und Jenny hielt still und bot mir ihre Kehle. Ich brachte meinen Mund dicht an ihr Ohr.

„Keinen Ton. Hast du verstanden, ich will keinen Ton hören. Nicht den leisesten."

Sie schwieg, aber das arrogante Lächeln auf ihren Lippen paßte mir nicht. Ich griff nach einer ihrer Hände und verdrehte sie langsam, bis sie endlich nachgab und aufseufzte.

„Keinen Ton, verstanden!"

Diesmal nickte sie. Ich stand auf. Sie glitt auf meinem Bein hoch und ritt darauf, während ich meine schwere Jacke auszog und fallenließ. Dann legte ich meine Hände um ihren Arsch und preßte sie an mich. Im nächsten Moment bewegten wir uns so schnell und so rhythmisch, daß ich mich kaum noch halten konnte. Ich stemmte meine linke Hand gegen die Wand und fand mit der anderen den Spalt zwischen ihren runden Hinterbacken. Jennys Atem war zu einem mühsam beherrschten Keuchen geworden. Ihre Feuchtigkeit begann bereits mein Hosenbein zu durchdringen.

Mühsam atmend richtete ich mich auf und schob sie ein Stück von mir fort, um ihr die Strumpfhose herunterzuzerren. Ein knapper schwarzer Slip kam zum Vorschein. Als sie mir in den Hals biß, riß ich ihn ihr mit einem einzigen Ruck vom Leibe.

„Du wirst dir etwas einfallen lassen, wie du das erklärst, klar?"

Statt einer Antwort spreizte sie die Beine und sah mich mit vorgeschobenem Kinn und verschleiertem Blick an, und ich drang mit zwei Fingern in sie ein. Sie war verdammt eng und so heiß, daß es mir fast die Finger verbrannte. Ein gutturales Stöhnen kam aus Jennys Kehle, und ich stieß mit noch zwei Fingern nach. Mit einer heißhungrigen Gier pumpte ihr Becken auf und ab, und ich spürte, wie schnell sie sein würde. Das war es nicht, was ich wollte. Ich krallte meine freie Hand in ihren Bauch und zwang sie, innezuhalten.

„Stell dich hin", befahl ich ihr. Widerwillig gehorchte sie.

„Dreh dich um."

Sie hielt mir ihren nackten Arsch entgegen, stemmte die flachen Hände gegen die Wand und sah mich unter ihrer Achsel hindurch herausfordernd an.

„Komm schon, besorg's mir", sagte sie leise. Meine Hand war so schnell in ihrem Nacken, daß sie aufheulte, und ich drückte solange zu, bis sie endlich Ruhe gab.

Ich stellte mein linkes Bein auf die Toilettenschüsel, umfaßte ihr Becken mit beiden Händen und zog sie näher zu mir heran, bis der Spalt zwischen ihren Backen genau meinen Hosenlatz berührte. Probeweise knallte ich sie ein paarmal von hinten an, dann hob ich ihr linkes Bein und schob es über meins. Ich faßte nach ihrer Kehle und zog sie zu mir, bis ihre Wange an meiner lag.

„Paß auf", flüsterte ich in ihr Ohr, „du wirst mir jetzt schön deinen Arsch hinhalten und keinen Mucks von dir geben. Und wehe, du spritzt mir die Hose voll."

Sie schwieg, und ich drückte zu. Sie rang nach Atem, aber ich wartete noch einen Moment, bis ich sie freigab. Als sie brav nickte, umklammerte ich ihren Nacken, beugte ihren Oberkörper über mein Knie und zog mir mit den Zähnen den Ring vom Mittelfinger. Ihre Finger krallten sich in mein Bein, als ich an ihrem Loch ansetzte. Sie stöhnte leise, und ich preßte ihren Nacken weiter nach unten, bis ich ihre Zähne in meinem Unterschenkel spürte.

„Mach dich eng", sagte ich zu ihr. Dann stieß ich zu.

Endlich, endlich. Die Erleichterung war so groß, daß sie sich wieder zur Qual wandelte. Die ersten zwei Stöße waren hastig, fast ungeschickt vor Begierde, aber dann fanden wir unseren Rhythmus, und ihr Arsch unter mir füllte mein ganzes Gehirn aus. Gierig sog ich ihren Duft ein und beugte mich tiefer, mit geöffnetem Mund, um keinen Hauch entkommen zu lassen. Ich zog drei Finger weit heraus und schob ihr vier bis zu den Knöcheln wieder hinein. Jennys heiseres Stöhnen dröhnte in meinen Ohren, und meine Hand preßte ihren Nacken fester gegen mein Bein, bis ihr Keuchen zu erstickten Schluchzern wurde. Ich schob den Daumen zwischen meine Finger. Ihr ganzer Körper wurde steif, und in meinem Innern hörte ich ihren Schrei widerhallen. Einen Moment verkrampften sich ihre Muskeln um meine Hand, aber ich gab nicht auf. Dann war meine Faust in ihr, und wir brüllten gemeinsam auf, ohne einen Laut von uns zu geben. Ein Pfeifen und Sausen erfüllte meinen Kopf, mir wurde rot vor Augen, dann sah ich wieder klar. Ich stieß und stieß zu, und sie arbeitete heftig gegen mich, dann mit mir. Der Schweiß floß in Strömen meinen Rücken hinunter, und im letzten Moment warf ich den Kopf in den Nacken und biß mir so heftig auf die Lippe, daß sie zu bluten anfing. Ich spuckte es ihr zwischen die Hinterbacken, als sie sich in einem hohen Bogen aufbäumte und zu zittern begann – so stark, daß es mich alle Kraft kostete, auf den Beinen zu bleiben und sie zu halten. Meine freie Hand fand gerade noch rechtzeitig ihren Mund, und sie biß zu, als ihre Muskeln sich verkrampften und wieder verkrampften und meine Faust nach dem letzten heftigen Stoß in ihr festhielten. Dann sank sie auf meinem Knie zusammen, und ich preßte mich fest an ihren Rücken. Sie löste ihre Zähne von meiner zerschundenen Hand und küßte sie schwer atmend, und dann malte sie mit ihren Lippen Zeichen in meine Handfläche, die ich nicht verstand, und ich flüsterte ihr lautlos Worte der Liebe in den Nacken, die sie nicht hören konnte.

Einen Moment später richtete ich mich auf. Nach meiner groben Schätzung waren zehn Minuten, vielleicht aber auch mehr vergangen. Jenny stand vor mir und zog ihren Rock herunter, während ich in meine Jacke schlüpfte und mir das Hemd glattstrich. Ihre Augen waren warm und schwer.

„Sag mir was", sagte sie.

Statt einer Antwort küßte ich sie. Dann musterte ich sie von oben bis unten. Ihr Lippenstift war nicht verschmiert, sondern ganz verschwunden – vermutlich haftete er mittlerweile an meinem Hemdkragen –, der Rock war verrutscht und zerknittert, und ihre Strumphose hatte eine Laufmasche.

„Du bleibst jetzt noch ein paar Minuten hier und machst dich klar, und zwar so, daß niemand auch nur das geringste merkt. Wenn du rauskommst, und du siehst nicht tipptopp aus, dann ist der Teufel los."

„In Ordnung", sagte sie willig. Ich drehte mich zur Tür und schloß auf. Dann warf ich einen letzten Blick auf Jenny. Sie lächelte mich an, und ich ging schnell hinaus, bevor ich auf die Idee kam, die Tür zum zweitenmal von innen zu verriegeln und noch einmal von vorne zu beginnen.

Mein Herz klopfte, als ich die Tür zur Tanzfläche öffnete. Ich trat einige Schritte in den Raum hinein, ohne daß eine Hand meinen Arm packte und mich wütend herumriß, also wagte ich es und sah zur Empore. Michaela kam gerade die Treppe herunter. Ich blieb mit, wie ich hoffte, ausdruckslosem Gesicht stehen und sah ihr entgegen.

„Da bist du ja! Ich hab' gerade schon mal geguckt, wo du steckst. Amüsierst du dich?"

Ich setzte eine gequälte Miene auf. „Irgendwie hab ich Magenschmerzen. Hatte gerade Durchfall. Trinkst du einen Tequila mit mir?"

Sie sah mich prüfend an. „Du bist auch ganz bleich." Dann blickte sie suchend umher. „Ich möchte erst wissen, wo Jenny sich rumtreibt."

„Ach, komm", sagte ich und nahm sie beim Arm. „Trink einen mit mir, dann kannst du dein Schätzchen ja immer noch suchen."

„Hast du sie nicht gesehen?“ Sie sträubte sich.

„Als ich aufs Klo gegangen bin, hat sie getanzt.“

Michaela nickte widerwillig und ließ sich mitziehen.

Meine Beine zitterten immer noch stark. In einem Zug kippte ich den Tequila herunter und hörte mit halbem Ohr zu, was Michaela mir von ihrer alten Bekannten zu berichten hatte. In Gedanken ließ ich die vergangene Viertelstunde noch einmal Revue passieren. Wenn ich geglaubt hatte, das lange lodernde Begehren mit diesem Schnellfick gelöscht zu haben, dann hatte ich mich verrechnet, das wußte ich schon jetzt. Ich fühlte mich unwirklich, so, als wäre mein Herz verrutscht.

Michaela unterbrach sich und sagte in bewunderndem Tonfall: „Ach, da ist ja mein Schätzchen. Ist sie nicht süß?“

Jenny kam den Gang herauf auf uns zu. Sie sah perfekt aus, nichts deutete darauf hin, daß sie gerade noch wimmernd auf meiner Faust gebockt hatte. Nur ihre Augen glänzten verdächtig. Sie lächelte Michaela an und dann mich, und ihre Augen wurden für einen Moment dunkler. Ein Stich fuhr durch meine Lenden, und einen winzigen Augenblick krümmte ich mich ein wenig zusammen. Jenny sah es und blickte zur Seite.

Michaela stand erwartungsvoll auf. „Ich glaub’, ich muß sie erst mal knutschen. Sie sieht so scharf aus“, sagte sie und trat auf Jenny zu, um sie in ihre Arme zu ziehen. Gedankenverloren sah ich den beiden zu. Jenny löste ihren Mund von Michaelas und schmiegte sich in ihre Arme, wobei sie mich über Michaelas Schulter hinweg ansah. Wir starrten uns an.

„Ich muß dich haben“, sagte ich leise, mehr zu mir selbst als zu ihr.

Ihre Lippen formten lautlos die Antwort. „Ich dich auch.“ Dann streckte sie hinter Michaelas Rücken vorbei die Hand zu mir aus, und ich nahm den feuchten Slip daraus entgegen und steckte ihn mir glattgestrichen vorne in die Hose. Nur jemand, der sich auskannte, würde die kleine Ausbuchtung dort bemerken.

Toller Urlaub

„Hast du die Bordkarten? Hast du alle beide?"

„Ja, doch, Marion." Wally verdrehte die Augen und ballte die Fäuste in den Hosentaschen.

„Wo denn?"

„Sie hat sie in der Hand, Marion", sagte Ruth. Sie stand locker an den Schalter gelehnt da, ohne Wally aus den Augen zu lassen.

„Hach, ich bin so aufgeregt, wir müssen rein. Oh, ich glaube, das wird toll, meinst du nicht auch, Wally?"

„Bestimmt", sagte Wally ohne Begeisterung. Als sie Marions enttäuschtes Gesicht sah, gab sie sich einen Ruck. „Doch, bestimmt. Und wenn wir zurückkommen, wird auch alles viel besser." Sie hob den Kopf und sah Ruth an. Ruth erwiderte ihren Blick.

„Hoffen wir's", sagte sie. „Ist wahrscheinlich gut, mal so ein bißchen Abstand." Das war auf sie beide gemünzt, und Wally war ganz ihrer Meinung. Sie hatten sich einfach zu oft gestritten in der letzten Zeit.

Marion trat ungeduldig von einem Fuß auf den anderen und hüpfte dann mit einem ungeschickten Schlenker auf den Eingang zu, in dem gerade der letzte Fluggast verschwunden war. Wally seufzte auf und beschloß, sich Marions Unruhe zu fügen. Sie ging zu Ruth und blieb dicht vor ihr stehen. „Tschüß dann, bis in einer Woche."

Irgendwie brachte sie es nicht über sich, Ruth zu umarmen. Sie war auf einmal so müde, so müde von den ewigen Streitereien, so müde von dem Hin und Her der letzten Wochen. Sie war zu müde, um auch nur einen Finger zu rühren. Einen Moment lang kam es ihr so vor, als sei sie auch zu müde, um überhaupt ins Flugzeug zu steigen, geschweige denn, eine Woche mit Marion, diesem Nervenbündel, zu verbringen. Vielleicht war es vollkommen falsch, mit ihr diese Reise zu unternehmen. Vielleicht hätte sie wirklich lieber alleine fliegen sollen, irgendwo anders hin, jedenfalls nicht nach Mallorca, dieses Inselghetto voller erlebnishungriger Touristen...

Ruth erlöste sie aus ihren Gedanken. „Amüsiert euch gut, ihr beiden", sagte sie und zog Wally kurz an sich. Ihre Anzugjacke kratzte Wally am Kinn. „Und mach mir keine Dummheiten.“ Wally grinste schwach. „Dafür bin ich viel zu müde“, erwiderte sie. Schwerfällig wand sie sich aus Ruths Armen und sah sich nach Marion um. Sie war verschwunden.

„Also, bis dann“, sagte sie. Ruth nickte, hob mit einer Geste, die Wally noch nie an ihr gesehen hatte, den Daumen und ging. Wally schleppte sich zur Sicherheitskontrolle. Hinter den Schranken stand Marion, rot im Gesicht, und winkte ihr ungeduldig zu.

„Wallyyyy!“ Eine Schraubzwinge preßte sich schmerzhaft in Wallys Oberarm und riß sie unsanft aus ihren Träumen. Mühsam rappelte sie sich hoch. Ihr kam es vor, als sei sie erst gerade eben eingeschlummert, nachdem sie eine halbe Stunde lang Marions ungehemmten Redefluß auf sich niedergehen hatte lassen.

„Was...“

„Wally, sieh doch mal! Ist das nicht wunderschön?“ Marion ließ Wallys Arm los und wedelte aufgeregt mit der Hand vor dem Flugzeugfenster umher. „Schau!“

Gähnend sah Wally hinaus. Das Flugzeug zog eben eine langgestreckte Kurve vom Meer über die Ausläufer der Insel. Grün und braun gesprenkelt lag die Landschaft unter ihnen, ein Olivenhain reihte sich an den nächsten, und die kleinen weißen Häuser, jedes mit einem Swimmingpool im Hof ausgestattet, leuchteten grell in der heißen Nachmittagssonne. In der Ferne konnte Wally die hohen Berge erkennen, die den nordwestlichen Rand der Insel zum Meer hin abgrenzten.

„Ja, das ist toll“, sagte sie. Marion hörte nicht hin. Sie lehnte sich noch weiter über Wally hinweg, um besser aus dem Fenster sehen zu können. „Oh, ich bin ja so gespannt. Ich habe mir das ganz anders vorgestellt, gar nicht so... so schön eben. Hach, tut das gut, endlich mal aus Berlin rauszukommen. Hoffentlich haben wir ein gutes Hotel. Die Gegend da oben soll ja wunderhübsch sein. Und das Hotel ist riesig, also kann man davon ausgehen, daß es dort auch ein paar nette junge Männer gibt. Irgendwie habe ich im Gefühl, daß hier was Spannendes passieren wird. Glaubst du nicht auch?“

„Tja, mag sein.“

„Hach!“ seufzte Marion zufrieden und sah verträumt aus dem Fenster.

Das Flugzeug legte sich noch mehr in die Kurve und verlangsamte seine Geschwindigkeit. Ein lautes Summen ertönte, und Marion setzte sich schnell wieder ordentlich hin. „So, und jetzt landen wir."

Wally spähte an ihr vorbei. Aber statt, wie sie gehofft hatte, einen ungehinderten Blick aus dem gegenüberliegenden Fenster werfen zu können, starrte sie genau in die grünen Augen einer rothaarigen Frau, die sich halb auf ihrem Sitz herumgedreht hatte und Wally direkt ansah. Ihr lockiges Haar war zu einem dichten Pferdeschwanz zusammengebunden, und eine elfenbeinfarbene Perlenkette um ihren Hals betonte die aristokratische Blässe ihres feingeschnittenen Gesichts. Sie sah nicht weg, auch nicht, als Wally sich ein Stück vorbeugte, um an ihr vorbeisehen zu können.

Wally schauderte es. Sie lehnte sich wieder zurück. Der Blick dieser Frau erinnerte sie daran, wie Ruth sie manchmal ansah, wenn sie wütend auf Wally war und erwartete, daß Wally die Differenzen mit einem Kuß oder etwas Ähnlichem aus der Welt schaffen würde. Was Wally einfach nicht lag. Nicht zuletzt deshalb saß sie jetzt hier in diesem Flugzeug.

Marion hatte wieder angefangen zu reden. Wally schloß die Augen. Bitte, dachte sie, ich verlange doch nicht viel. Ich will doch einfach nur meine Ruhe.

Rückblickend kam es Wally so vor, als sei die Ankunft am Flughafen und die darauffolgende Fahrt zu ihrem Hotel der Höhepunkt in einer langen Kette von aufreibenden Erlebnissen gewesen, die sie, Wally, fast an den Rande eines Nervenzusammenbruchs und schließlich hierher in den bequemen Hotelstuhl am Strand geführt hatte, wo sie jetzt, die Zehen tief in den weißen Sand gesteckt, behaglich dasaß und an einem kühlen Grapefruitdrink schlürfte.

Kaum waren sie in der Anflughalle angekommen, war Marion wie eine Verrückte auf das Förderband zugestürzt, in der Hoffnung, zu den Ersten zu gehören, die mit ihrem Gepäck unterm Arm hinaus in die mallorquinische Sonne traten. Aber natürlich kam Wallys Reisetasche ganz zuletzt, ungefähr dann, als Marions nörgeliges Gemeckere in ein hysterisches Gekreische umzukippen drohte.

Als sie aus den Glastüren des Flughafengebäudes traten, fuhr soeben das letzte freie Taxi davon. In gebrochenem Spanisch bestürmte Marion daraufhin ein älteres Ehepaar, das gerade in ein anderes einsteigen wollte, sie und Wally mitzunehmen. Die beiden waren offensichtlich viel zu erschrocken, um Widerstand zu leisten, und zehn Minuten später – nach einer rasanten Fahrt, auf der sich herausgestellt hatte, daß die beiden Eheleute Deutsche waren, woraufhin Marion sie mit einem Redefluß überschüttete – standen Wally und Marion auch schon am Busbahnhof, von dem aus der Bus nach Port de Pollensa abfahren sollte. Was er auch prompt tat; Wally hatte eben noch Zeit, ihre Taschen in die Stauräume seitwärts am Bus zu stopfen, als sich auch schon die Türen schlossen und die Fahrt losging. Allerdings stellte Marion nach einer halben Stunde eifrigen Geplappers mit ihrem Sitznachbarn, einem munteren Dänen undefinierbaren Alters, fest, daß sie sich im falschen Bus befanden. Bei der nächsten Haltestelle in einem kleinem Städtchen, das sich vor allem durch das Fehlen eines geöffneten Cafés auszeichnete, stiegen sie also wieder aus, trotteten eine gute Stunde durch die engen Gassen, um dann wieder in den nächsten Bus einzusteigen. Diesmal hatte sich Wally persönlich durch mehrmaliges Befragen des Fahrers davon überzeugt, daß es der richtige Bus war. Trotzdem konnte sie ein unbehagliches Gefühl nicht abschütteln – hatte der Busfahrer nicht allzu desinteressiert dreingesehen? Hatte er wirklich genickt, oder war es nicht eher eine gelangweilte, vielleicht sogar reflexartige Kopfbewegung gewesen, ähnlich einer, mit der man lästige Fliegen zu verscheuchen sucht? Die restliche Stunde der Fahrt konzentrierte Wally sich darauf, den Hinterkopf des Fahrers zu betrachten, während Marion neben ihr lautstark die Landschaft pries. Unter seiner verblichenen Schirmmütze lugte wolliges schwarzes Nackenhaar hervor, und ab und zu kratzte er sich am Nacken, um anschließend kurz den Kopf zu senken. Wally sah ihre Befürchtungen bestätigt, und erst, als sie in Port de Pollensa – und es war Port de Pollensa, Wally hatte den Namen auf dem Straßenschild am Ortseingang deutlich gelesen – ausstiegen, war sie beruhigt. Und zu Tode erschöpft. Sie blieb untätig auf dem Bürgersteigrand nahe einer Mole, an der weißgestrichene Boote in einer leichten Brise schaukelten, sitzen und starrte auf ihre Füße, während Marion auf der Suche nach einem Taxi davoneilte. Soviel sie Marions Redefluß entnommen hatte, lag ihr Hotel irgendwo außerhalb und war nicht zu Fuß zu erreichen. Eine Gruppe Touristen mit weißen Schlapphüten auf dem Kopf ging vorbei. In lautem Bayrisch diskutierten sie über die Qualitäten der örtlichen Restaurants. Wally schloß die Augen und lehnte sich gegen Marions Reisetasche. Sie wachte auf, weil jemand überschwenglich ihren Namen rief. „Wally!“ Marion hing mit halbem Oberkörper aus dem Fenster eines Taxis und fuchtelte aufgeregt mit den Armen. „Komm, tu die Taschen hinten rein! Wir fahren!“

Wally rappelte sich hoch, verstaute die Taschen im Kofferraum und setzte sich in den Fond. Der Taxifahrer trug wie der Busfahrer eine Schirmmütze, und das Haar, das unter dem Rand hervorlugte, war ebenfalls schwarz, aber nicht gekräuselt, sondern glatt. Wally sah etwa zwei Minuten darauf nieder, bis sie einschlief, das nachsichtige Brummen des Fahrers, mit dem er Marions Fragen quittierte, im Ohr. Als nächstes erinnerte sie sich daran, wie sie Marion eine asphaltierte Straße hinunter folgte, an deren Ende sich der pompöse Bau eines riesigen, langgestreckten Hotels erhob, und hinter ihr her in die Halle und dann weiter endlose Flure und Gänge entlang bis zu ihrem Zimmer trottete. Das Zimmer war groß und geräumig, zwei bequem aussehende Betten standen nebeneinander an der linken Wand, und auf der anderen Seite befanden sich ein verschnörkelter Kleiderschrank und die Tür zum Bad, das mit Dusche, WC und Bidet ausgestattet war. Wally starrte einen Moment aus dem Fenster, das eine atemberaubende Aussicht auf eine einsame Bucht bot, dann wankte sie zum nächstgelegenen Bett, zog ihre Schuhe aus und ließ sich fallen. Noch beim Einschlafen hörte sie Marions unablässiges Geschwätz. Und es schien ihr, als sei es erst verstummt, als sie heute morgen aufgewacht war. Auf Marions Bett hatte ein Zettel gelegen: „Du hast das Frühstück verpaßt, aber ich wollte dich nicht wecken. Bin am Strand.“

Und an ebendiesem Strand saß Wally jetzt, nachdem sie im Restaurant gemütlich Kaffee getrunken und diverse Croissants verzehrt hatte. Ihre Badesachen, die sie bisher noch nicht angerührt hatte, lagen neben ihr, und hinten im Wasser konnte sie Marion erkennen, unverkennbar in ihrem quietschgelben Badeanzug, die sich mit ein paar anderen Gästen beim Ballspiel vergnügte. Dem leeren Strand und den vielen freien Liegestühlen nach zu urteilen, war das Hotel nur äußerst spärlich belegt. Rechts von Wally sonnte sich ein älteres Ehepaar auf rosafarbenen Handtüchern, daneben tummelte sich ein junges Pärchen, und ganz am Rand des Strandes, der von einer steinigen Böschung, die weiter oben in einen Pinienwald mündete, gesäumt war, lagerten mehrere weitere Paare. Zu Wallys linker Seite bot sich nahezu dasselbe Bild. Es war ruhig, kein Kindergeschrei, kein jugendliches Gebrülle, kein Getöse aus tragbaren Stereorecordern störte die beschauliche Strandidylle. Wally atmete aus und lehnte sich tiefer in ihren Stuhl. Im stillen beglückwünschte sie sich zu dem Entschluß, in der Vorsaison gefahren zu sein. Schließlich brauchte sie Ruhe. Und war ein nahezu menschenleerer Strand nicht die beste Garantie dafür, zur Ruhe zu kommen?

Bereits am Abend jedoch kamen Wally Bedenken. Müde und zerschlagen saß sie Marion im Speisesaal des Restaurants gegenüber. Marion behauptete, Wallys Müdigkeit käme von der Sonne und der frischen Luft, aber Wally war insgeheim anderer Ansicht. Marion war es, die sie so müde machte. Den ganzen Tag über hatte sie auf Wally eingeredet – zwar in bester Stimmung, so daß Wally ihr nicht böse sein konnte, aber dennoch, sie redete eben einfach immerzu – und Wallys Bemühungen, ein Nickerchen zu halten, damit immer wieder zunichte gemacht, und jetzt schien das so weiterzugehen.

„Mallorca ist gar nicht so übel, wie die Leute immer behaupten", sagte Marion und stach mit der Gabel in ihre Calamaris. Im Gegensatz zu Wally sah sie vollkommen ausgeruht und entspannt aus.

„Sonne, Strand, Wasser, ein wunderbares Hotel und gutes Essen. Das einzige, was mir jetzt noch fehlt, ist so eine richtig scharfe Affaire!" Bei den letzten Worten hatte Marion sich vorgebeugt und sah Wally verschwörerisch an. In ihrem Mundwinkel glitzerte etwas Fett. Wally zwang sich zu lächeln. „Das wäre schön", sagte sie vorsichtig. Männer, Männer, Männer, dachte sie verächtlich. Warum haben Heterofrauen eigentlich immerzu nur das eine im Kopf? Im nächsten Moment fiel ihr ein, wie oft sie selbst Marion gegenüber mit ihren neuesten Eroberungen geprahlt hatte. Natürlich war das vor ihrer Beziehung mit Ruth gewesen. Wally seufzte. Marion konnte ja schließlich nichts dafür, daß Wally momentan der Gedanke an Affairen und Beziehungen, vor allem ihre eigene, keineswegs in freudige Erregung versetzte.

Marion hatte sich wieder ihren Calamaris zugewandt. „Ich finde, sowas gehört zu einem richtigen Urlaub dazu. Und hier sind die Leute auch so entspannt. Man kommt sich einfach schneller näher in so einer Atmosphäre. Und vor allem kann man hier auch wahrscheinlich ganz andere Leute kennenlernen als in Berlin. Die Berliner Typen hängen mir echt zum Halse raus. Immer dieses coole Gehabe, meine Güte!" Marion stöhnte und schüttelte den Kopf. Wally senkte vorsichtig das Fischmesser in ihren Heilbutt.

„Wenn ich mich erst mal richtig erholt habe morgen, dann guck ich mich mal um. Wird sich schon ein Dummer finden!" Marion lachte vergnügt und zwinkerte Wally zu. Wally sah sich unauffällig im Speisesaal um. Schön und gut, aber bis jetzt sah es absolut nicht so aus, als käme hier irgendwer für Marions Absichten in Frage. Es sei denn, sie wollte sich an einen der zahlreich vertretenen verheirateten Männer mittleren Alters in Shorts und braunen Sandalen heranmachen. Soweit Wally sehen konnte, waren das die einzigen Exemplare der Gattung Mann, die in diesem abgelegenen Hotel zu finden waren. Nein, das stimmte nicht ganz, ein paar jüngere Männer waren auch vorhanden. Drüben an der Wand saß ein etwa Dreißigjähriger mit kurzem braunen Haar. Aber der kam wohl nicht in Frage, denn er blickte seiner Partnerin, einer Blondine in einem roten Kleid, zärtlich in die Augen. Überhaupt waren hier nur Paare. Wally sah sich ausgiebiger um. In der Tat, an jedem Tisch bot sich das gleiche Bild: Männlein und Weiblein, entweder sich gegenübersitzend oder über Eck. Nur ganz rechts saß eine Frau allein an einem Tisch. Irgendwie kam sie Wally bekannt vor. Sie sah genauer hin. Es war die Rothaarige aus dem Flugzeug, und sie starrte genauso eindringlich zu Wally hinüber wie während des Landeanflugs. Wally spürte, wie ihr vor Verlegenheit das Blut ins Gesicht schoß. Schnell sah sie wieder zu Marion. Die nahm gerade einen großen Schluck aus ihrem Weinglas. „Ha!" sagte sie und setzte das Glas mit einem lauten Klirren ab. „Das wird noch ein toller Urlaub, du wirst schon sehen!"

Am nächsten Morgen fand sich Wally nach einen ausgedehnten Frühstück dabei wieder, wie sie mühsam hinter Marion einen Bergkamm bestieg. Die Sonne knallte unbarmherzig auf ihren unbedeckten Kopf nieder, und Wallys Beine fühlten sich bereits jetzt, eine halbe Stunde nach dem Aufbruch, an, als wären sie aus Gummi. Der Kopf tat ihr weh vom vielen Wein, den sie am Abend noch getrunken hatte, und die dornigen Sträucher, zwischen denen sie sich entlangwinden mußte und die ihr die Unterschenkel aufrissen, machten das Ganze auch nicht erträglicher. Marion aber schienen weder die Dornen noch die sengende Hitze zu stören, unermüdlich verfolgte sie ihren Weg bergauf. „...und dann habe ich gesagt, kommt überhaupt nicht in Frage. Entweder ihr nehmt die gesamte Kollektion, so wie es abgemacht war, oder ihr laßt mich zufrieden. Die Gürtel krieg ich auch anderweitig los. Wenn ihr sie wollt, dann alle, nicht nur zwei. Zwei!" Sie hielt abrupt an und drehte sich zu Wally um. „Ist doch wahr! Ich laß mich doch nicht verkackeiern! Oder wie siehst du das?" Wally blieb schweratmend stehen und zog ihr Taschentuch aus der Hose. Es war zerknüllt und fleckig, und als sie damit über ihre Stirn rieb, spürte sie, wie sich der frische Schweiß mit dem alten verrieb und eine klebrige Schicht über ihre Haut zog. Gequält setzte sie zu einer Antwort an, aber offensichtlich war Marion daran gar nicht interessiert. Prüfend sah sie bergauf, dann zur Seite, und nach einer Sekunde weiteten sich ihre Augen. „Das sieht ja zauberhaft aus! So ein Anblick! Da gehen wir morgen hin!"

Wally schirmte die Augen mit einer Hand ab und sah hinüber. Zwischen zwei steil aufragenden Felswänden klaffte ein breiter Spalt, über den sich ein gewaltiger Felsbrocken spannte. Dichtstehende Bäume und Sträucher umrandeten das Ganze, und soweit Wally sah, führte nicht einmal ein Pfad in die schwindelerregende Höhe hinauf. „Das ist viel zu anstrengend", sagte sie erschöpft.

„Ach was! Das macht Spaß!" Marion drehte sich um und setzte sich in Bewegung. Wally verwünschte sich. Warum war sie mitgegangen? Sie hatte doch ausruhen wollen, einfach nur ausruhen. Schlafen und ausruhen. Sie hatte Marions Bitte nicht abschlagen wollen, weil sie geglaubt hatte, diese aufgedrehte Person damit ein bißchen zur Ruhe zu bringen. Und außerdem hatte sie der Rothaarigen entfliehen wollen, die sich nur zwei Liegestühle neben Wally plaziert hatte. Die Frau war Wally irgendwie unangenehm. Sie starrte Wally immer so durchdringend an, so als wartete sie auf etwas, das sie, Wally tun sollte. Etwas, von dem Wally eigentlich hätte wissen sollen, was es war. Aber Wally wußte das nicht. Genau wie bei Ruth. Die erwartete auch immer irgendwas, das Wally nicht erfüllen konnte. In ihrer Unsicherheit tat sie meist gar nichts oder aber genau das Falsche, und dann kam sie sich wie ein dummer Trottel vor. Wally sah Marions sich rasch entfernenden Wanderschuhen nach. Urlaub, war das nicht eine Zeit, in der so gar nichts von einem erwartet wurde? Wo man mal so richtig abschalten konnte und gestärkt daraus hervorkam?

Marion drehte sich um. Ihr orangegepunktetes Leinenkleid hob sich grell gegen die grünen Sträucher ab. „He, Wally, was meinst du, am besten, wir gehen gleich da rüber. Ich sehe da nämlich einen Weg, sieht ganz so aus, als käme man da hin!"

„Meinetwegen", sagte Wally ergeben und atmete tief durch. Vielleicht könnte sie auf dem Felsvorsprung ein wenig schlafen. Nur ein bißchen. Ein ganz kleines bißchen.

„Und hab' ich dir schon die Geschichte von dem Magazinverkäufer im Lederladen erzählt?" fragte Marion im Weitergehen. „Also das ist unglaublich, das war nämlich so, eines Morgens vor drei Wochen, oder zweieinhalb, na egal, es war jedenfalls kurz vor Ostern, das weiß ich noch genau, da war nämlich noch diese Osterdekoration im Schaufenster, lauter kleine Hasen aus Leder, das muß man sich mal vorstellen, lauter kleine Osterhasen aus Leder, und jeder hatte zwei Nieten als Augen und eine Gürtelschnalle als Mund, so was Blödes, jedenfalls, ich kam rein und sah diesen Berg Lackvelours in der Ecke und..."

Drei Tage später war Wallys Laune auf dem Nullpunkt. Da Marion immer noch keinen geeigneten Kandidaten für ihre „scharfe Affaire" ausgemacht hatte, überredete sie Wally jeden Tag aufs neue zu einem Ausflug, der meistens darin bestand, daß sie beide durch die dichtbewaldete Berglandschaft wanderten, Marion in flottem Tempo vorneweg und Wally außer Atem hinterher. Ab und zu setzte Wally sich mit ihrem Wunsch, am Strand zu bleiben, durch, aber auch dann war es mit Ruhe und Erholung nicht weit her. Anstatt alleine etwas zu unternehmen, blieb Marion ebenfalls da, und selbst wenn Wally ihr in aller Deutlichkeit zu verstehen gab, daß sie sich jetzt wirklich nicht unterhalten wollte, schaffte Marion es keine Viertelstunde, den Mund zu halten. Wally hatte es auch schon damit probiert, sich allein fortzuschleichen, aber kaum war sie auf der Suche nach einem einsamen Plätzchen um die Bucht herumgewandert, da entdeckte sie auch schon die Rothaarige, die sich auf dem einzigen zugänglichen Sandflecken räkelte. Schnurstracks kehrte Wally um. Dann schon lieber

Marion und ihr Gerede von dem scharfen Typen, den sie sich zu angeln gedachte.

An diesem Abend allerdings zeigte Marion das erste Mal Zeichen von Resignation.

„Wally, ich möchte dich mal was fragen. Du mußt aber ganz ehrlich antworten." Sie starrte Wally eindringlich in die Augen. Wally legte das Besteck beiseite und griff nach ihrem Weinglas. Sie saßen auf der Terrasse vor dem Speisesaal, und die bunten Lampions, die zwischen die Bäumen gespannt waren, warfen ein gedämpftes Licht auf Marions ernstes Gesicht, das mittlerweile leicht gebräunt war.

„Ja, was denn?"

Es fiel Marion sichtlich schwer, mit ihrer Frage herauszurücken, denn sie hob unbehaglich die Achseln und ließ sie wieder fallen. „Sag mal, was glaubst du, woran liegt es, daß ich einfach keinen Typen hier finde? Ich meine, ich gebe mir wirklich Mühe, aber irgendwie tut sich nichts. Gar nichts. Und wir haben nur noch zwei ganze Tage. Glaubst du, daß ich so gar keine Chancen habe? Glaubst du, daß die Männer mich unattraktiv finden?" Sie sah Wally mit einem zutiefst unglücklichen Gesichtsausdruck an, und etwas in Wally schmolz wie Butter. Zum ersten Mal seit langer Zeit betrachtete sie ihre langjährige Geschäftspartnerin und Freundin mit ungeteilter Aufmerksamkeit. Marions braune Augen glänzten. Das leicht auftoupierte, blondgefärbte Haar hockte wie ein überdimensionales Krähennest auf ihrem rundlichen Gesicht mit dem spitzen Kinn und dem fleischigen, meist zu einem kleinen Schmollen verzogenen Mund. Marion hatte, trotz ihrer dicklichen Gestalt, zierliche Gliedmaßen, ihre schmalen Hände mit den kurzen Fingern lagen zu beiden Seiten des Tellers flach auf dem Tisch. In Wallys Augen sah Marion wie ein kleines, unglückliches Mädchen aus, das viel zu hastig in den Kampf des Erwachsenenlebens geworfen war, ohne sich darauf vorbereiten zu können. Alles an ihr, die schrillen Kleider, die unmögliche Frisur, selbst ihr ewiges Geplapper schien nach Beachtung zu schreien. Marion ging Wally oft genug auf die Nerven, aber im Grunde ihres Herzens war sie ein extrem gutmütiger und hilfsbereiter Mensch. Sie hatte Wally ganz selbstlos so manches Mal aus der Klemme geholfen, und sie, Wally, hatte sich nur allzu selten revanchieren können. Plötzlich begriff Wally, warum sie Marion eigentlich gefragt hatte, ob sie mit ihr verreisen würde. Und warum sie Marions entnervende Art die ganze Zeit über ertrug, ohne aus der Haut zu fahren. Bei allen Differenzen – sie mochte Marion wirklich gern. Und sie tat ihr leid.

„Du brauchst ja nicht zu antworten, wenn du nicht willst." Marion sah gekränkt aus. Wally riß sich zusammen. Es war nicht der geeignete Moment, um über ihre Gefühle zu sinnieren. Marions Selbstbewußtsein war offensichtlich ernstlich angeknackst, und wenn Wally ihr eine gute Freundin sein wollte, dann mußte sie ihr da jetzt heraushelfen.

„Also", sagte sie und straffte die Schultern, „Marion, es liegt nicht an dir. Sieh dich doch mal um. Ist hier wirklich irgendeiner, mit dem du gerne was hättest? Du möchtest eine scharfe Affaire haben, das verstehe ich. Aber dazu gehört eben auch ein scharfer Typ. Und hier ist keiner."

Marion drehte den Kopf und betrachtete die um sie versammelten Paare. Sie ließ ihren Blick über einen Mann mittleren Alters schweifen, dessen Bermuda-Shorts knapp über den knochigen Knien endeten, über dessen Ehefrau, die mit gelangweiltem Blick das Meer fixierte, und dann wandte sie sich wieder Wally zu und zuckte ratlos mit den Achseln. Im nächsten Moment schlug sie die Hände vors Gesicht und fing an zu schluchzen. „Aber ich bin so unattraktiv, Wally, gib's zu, das bin ich einfach. Ich finde nie einen, noch nicht mal im Urlaub!"

Ihre Schultern bebten, und Wally streckte die Hand aus und faßte sie behutsam am Arm. „He." Marion wischte sich übers Gesicht und sah schniefend zu Wally auf. Tränen schwammen in ihren Augen, und ihre Lippen zitterten. Eine Woge der Zuneigung stieg in Wally auf.

„Das stimmt nicht. Sicher, du bist nicht gerade das Schönheitsideal schlechthin, aber wer ist das schon? Und wer will das sein? Du bist schon ganz richtig so, wie du bist. Und wenn es irgendeinen Typen auf dieser Welt gibt, der nicht ganz hohl in der Birne ist, dann wird er das auch sehen."

„Aber trotzdem bin ich bin unattraktiv", sagte Marion gedämpft. Ihre braunen Augen starrten Wally hoffnungsvoll und zugleich ängstlich an.

„Nein, bist du nicht", erwiderte Wally, und noch während sie sprach, stellte sie fest, daß es der Wahrheit entsprach. Marion mochte zwar sehr eigen sein und auch aussehen, aber sie besaß unzweifelhaft eine ganz besondere Ausstrahlung. Auch wenn sie, Wally, nun beim besten Willen nicht behaupten konnte, daß sie auf Marion stand – andere taten es bestimmt. Hoffentlich.

„Hm." Marion sah auf einmal sehr zufrieden aus. Das Zittern ihrer Lippen hatte aufgehört.

Sie winkte dem Ober, der kurz darauf mit einer neuen Flasche Wein zurückkehrte, und dann sah sie sich wieder auf der Terrasse um. „Guck mal, da ist wieder diese Rothaarige", sagte sie. Wally setzte sich alarmiert auf. „Wo?"

„Dahinten. Siehst du, die hat auch keinen Typ. Obwohl sie nun wirklich blendend aussieht. Die ist sogar ganz alleine hier. Ohne irgendwen. Wenn's der gutgeht, dann kann es mir ja auch gutgehen." Marion kicherte beschwipst. Die Rothaarige starrte direkt zu ihnen herüber. Wally hob ihr Glas und leerte es in einem Zug. Aus dem Augenwinkel bemerkte sie, wie die Rothaarige zwei Finger hob und zum Strand deutete.

„Auf dein Wohl", sagte Wally, und dann prostete sie Marion zu.

„Meinst du, ich sollte es mal probieren?"

„Hä?" Wally öffnete ein Auge. Sie war eingenickt gewesen, kein Wunder bei all dem Wein, den sie in den letzten zwei Stunden getrunken hatten.

Marion starrte sie mit todernstem Gesichtsausdruck an. „Ich meine, du weißt ja, das ist eigentlich nicht so mein Fall, aber vielleicht sollte ich es mal probieren. Ich meine, du bist ja auch recht glücklich damit."

Wally öffnete beide Augen. Vor ihr kräuselte sich das Meer in einer leichten Brise. Sie hatte nicht die geringste Ahnung, wovon Marion sprach.

„Womit bin ich glücklich?"

„Na, mit den Frauen."

Vor Wallys innerem Auge erschien Ruths wütendes Gesicht.

„Ach so. Ja, schon recht."

„Jedenfalls wäre es was Neues."

In Wallys langsam arbeitendem Gehirn schob sich eine Erklärungsmöglichkeit nach vorne. „Mit Frauen?" fragte sie.

Marion blitzte sie verärgert an. „Natürlich. Dachtest du, ich rede von Pferden oder was?"

„Naja, probier's doch mal aus."
„Und wenn sie nicht will?"
„Wer?" fragte Wally.
Marions Augenbrauen zogen sich bedenklich zusammen.
„Mensch, die Rothaarige."
Wally dachte scharf nach. Rothaarig? Welche Rothaarige?
Marion schwenkte ihr Glas in der Hand. Die Eiswürfel klimperten. „Also ehrlich, du hörst mir anscheinend überhaupt nicht zu." Sie stand auf, knallte ihr Glas auf den Tisch und schwankte unsicher in Richtung Toilette davon. Wally lehnte sich zurück und schloß die Augen. Sie war unendlich müde. Während sie langsam wieder in den Schlaf zurücksank, bohrte sich eine Frage in ihr Gehirn. Wen hatte Marion bloß gemeint? Irgendwie war es immer so. Wenn es irgend etwas Wesentliches zu verpassen gab, dann konnte man sicher sein, daß sie, Wally, es tatsächlich verpaßte. Aber was soll's, dachte Wally. Das Meer rauschte von ferne behaglich an ihr Ohr. Rings um sie herum unterhielten sich die anderen Gäste, und das leise Stimmengewirr, vermischt mit dem Klimpern der Gläser und dem Rascheln der Palmen, wiegte sie wieder in den Schlaf.

Wally schlug die Augen auf und setzte sich gerade hin. Der Rücken tat ihr weh, das Muster des Plastikstuhls hatte einen schmerzhaften Abdruck in ihren Schultern hinterlassen. Ringsum war alles still. Die Lampions waren erloschen, und nur der Mond beleuchtete das verlassene Strandlokal. Wally schüttelte den Kopf und richtete sich mühsam auf. Warum in aller Welt hatte Marion sie nicht geweckt? Hoffentlich war sie nicht immer noch sauer. Wally sah zum Strand hinüber und betrachtete die verlassenen Liegestühle und die geflochtenen Sonnenschirme, die sich einer schnurgeraden Reihe bis zur Spitze der Bucht zogen. Ein tiefes Gefühl der Ruhe überkam sie. Wie still das Meer dalag. Einer plötzlichen Eingebung folgend, zog sie ihre Schuhe und Socken aus, nahm sie in die Hand und lief hinunter zum Strand.

Sie war gerade ein paar hundert Meter gegangen, ganz versunken in das leise platschende Geräusch, mit dem ihre Füße in den matschigen Boden tauchten, als eine Stimme sie aufschreckte.
„Hallo."
Ruckartig drehte Wally sich um. Vor ihr stand die Rothaari-

ge aus dem Flugzeug, ein großes Handtuch um die Hüften geschlungen. Ihr schwarzer Badeanzug glänzte feucht im Mondlicht, und das rote Haar hing schwer auf ihre Schultern herab.

„Ach, du!“ Schlagartig wurde Wally klar, wen Marion mit „die Rothaarige“ gemeint hatte.

Die Rothaarige lächelte erfreut. Offensichtlich hielt sie Wallys Ausruf für ein Zeichen ihrer Begeisterung, sie hier zu sehen.

„Oh mein Gott“, sagte Wally, „wie spät ist es?“

„Gleich zwei. Du bist pünktlich.“ Die Rothaarige lachte auf. Es war eine leises, glucksendes Lachen, bei dem sich instinktiv Wallys Nackenhaare sträubten.

„Ich hatte gehofft, daß du kommst. Aber mir war klar, daß wir beide uns verstehen.“

„Wie?“

„Ich fand es unheimlich aufregend, wie du auf mein Zeichen reagiert hast. Als du deiner Freundin zugeprostet hast, wußte ich, daß du kommst.“

Mühsam versuchte Wally, sich zu erinnern. Dann fiel ihr wieder ein, wie die Rothaarige vorhin beim Abendessen zwei Finger gehoben und zum Strand gedeutet hatte.

„Äh, also“, setzte sie an, aber dann verstummte sie. Das war doch lächerlich. Wie in aller Welt sollte sie dieses Mißverständnis erklären?

Die Rothaarige ließ ihr Handtuch zu Boden fallen und näherte sich Wally. „Du hast mir gleich gefallen“, flüsterte sie mit rauchiger Stimme. Ihre grünen Augen schimmerten voller Verlangen. Wally trat einen Schritt zurück.

Die Rothaarige legte ihre Arme um Wally und schmiegte sich an sie. Weiche Locken preßten sich an Wallys Gesicht, und der Geruch nach Meer und einem blumigen Parfum raubte ihr den Atem. Sie spürte, wie sanfte Lippen ihren Hals liebkosten. Ein wohliger Schauder durchfuhr sie. Automatisch reagierte sie und zog die fremde Frau fest an sich. Die Rothaarige seufzte auf und hob den Kopf. Dann küßte sie Wally auf den Mund, und Wally küßte sie zurück. Ineinander verschlungen, glitten sie zu Boden, und erst, als sich eine Muschel schmerzhaft in Wallys Rücken bohrte, kam ihr zu Bewußtsein, was sie hier eigentlich tat. Plötzlich kam ihr Ruth in den Sinn, sie hörte ihr zorniges Gekeife und ihr eigenes, Wallys, bockiges Gemeckere, und jeder Funke Begehren erlosch schlagartig. Stumpf lagen ihre Hände auf dem Rücken der Rothaarigen, die sich schlängelnd auf ihr bewegte, und ihre Beine, die sich zwischen die Schenkel der Rothaarigen gepreßt hatten, wurden zu tauben Stecken. Einen Moment später richtete die Rothaarige sich auf. „Was ist?“ fragte sie und sah mit gerunzelter Stirn auf Wally nieder. „Was ist los?“

Wally schob sie sanft von sich herunter und setzte sich aufrecht hin. „Ich kann nicht“, sagte sie schlicht. Es war das einzige, was ihr einfiel.

Die Rothaarige blickte sie irritiert an. „Wie bitte?“

„Ich kann nicht, tut mir leid.“ Wally zog ihr Hemd gerade. Sie vermochte es nicht, die Rothaarige anzusehen. Ihr Kopf dröhnte, der Rücken tat ihr weh, und sie fühlte sich wie betäubt.

Die Rothaarige schwieg verdutzt. Wally griff nach ihren Schuhen. „Tut mir wirklich leid. Mit meiner Bekannten hättest du sicher mehr Glück gehabt.“

„Du hast ja wohl 'nen Knall“, sagte die Rothaarige empört. Sie stand auf, nahm ihr Badehandtuch und marschierte wutentbrannt davon. Wally sah ihr nach, wie sie den einsamen Strand entlangging, während das Handtuch wie eine eingeholte Flagge hinter ihr her im Sand schleifte, und dann atmete sie tief aus. Offensichtlich hatte sie wieder das Falsche gesagt. Dabei stimmte es doch. Marion hätte bestimmt nicht schlapp gemacht. Immerhin wollte Marion ja eine Affaire, ganz im Gegensatz zu Wally.

Marion nahm eine Scheibe Wurst und klatschte sie sich aufs Brötchen. Ihr Blick schoß zu Wally, die ihr schweigend gegenübersaß. „Los, iß doch was.“

„Nein, danke.“ Wally griff nach der Kaffeekanne und goß sich ein. Sie fühlte sich äußerst unbehaglich, denn am Tisch gegenüber saß die Rothaarige und durchbohrte sie mit Blicken. Wally fand, daß der Urlaub allmählich einem Alptraum glich. Heute nacht diese absurde Situation mit der Rothaarigen, heute morgen Marions erneutes Gejammere, und zu allem Überfluß war der Himmel bewölkt. Und morgen würden sie nach Hause fliegen, wo Wally sich dann den ungelösten Problemen mit Ruth wieder gegenübersah.

„Du hast einen Knutschfleck“, sagte Marion plötzlich.

Wally erstarrte. Marions Augen fixierten ihren Hals.

„Das kann doch gar nicht sein", erwiderte Wally schwach.

Marion setzte ihr Brötchen ab. Ihre Augenbrauen verzogen sich drohend. „Doch, da", ihre Stimme hob sich, und sie langte mit einem Arm zu Wally hinüber und tippte auf ihren Hals. „Also, Wally! Du Heuchlerin! Die ganze Zeit tust du so, als könntest du das Wort Affaire nicht mehr hören, und heimlich machst du rum!"

Die anderen Gäste drehten sich in ihre Richtung um. Wally wurde knallrot. Die Rothaarige hatte ebenfalls aufgeblickt, und Wally konnte ihr zufriedenes Lächeln nahezu spüren.

„Marion, komm, ich kann dir das erklären", verteidigte Wally sich, aber Marion hörte nicht zu. Sie blickte an Wally vorbei zur Tür, und ihr Gesicht hatte für einen Moment alle Farbe verloren. Dann kehrte die Röte in ihre Wangen zurück, und ihr Mund formte sich zu einem kleinen „o". Wally drehte sich um. In der Tür zum Speisesaal stand ein junger Mann in Schlaghosen und einem geblümten Hemd im Look der sechziger Jahre. Seine dunklen Haare waren zu einer Topffrisur geschnitten, und er sah sich unsicher um. Im nächsten Moment fiel sein Blick auf Marion, und nach einer Sekunde begann er zu lächeln. Es war ein schüchternes, kleines Lächeln voller Charme, und als Wally sich wieder umdrehte, sah sie, daß Marion denselben Ausdruck im Gesicht trug.

Wally kippte den letzten Schluck hinunter und stand auf. Der Barkeeper hatte soeben die Lichter gelöscht und war gegangen, und nur noch Wally war übrig. Sie betrachtete mit einem wehmütigen Gefühl den Liegestuhl, der in den letzten Tagen sozusagen zu ihrem Zuhause geworden war.

Hier hatte sie zu guter Letzt tatsächlich noch ein wenig Ruhe gefunden. Er stand ausnehmend günstig, so, daß sie den gesamten Strand überblicken konnte, und dank dieser Position war es Wally jedesmal, wenn die Rothaarige sich näherte, gelungen, rechtzeitig die Augen zu schließen und sich schlafend zu stellen. Wally streckte sich und setzte sich in Bewegung. Während sie langsam durch die nur schwach beleuchteten Hotelgänge schlich, überlegte sie, wo Marion sich wohl aufhalten mochte. Sie hatte sich vor über drei Stunden mit einem verschwörerischen Lächeln von Wally verabschiedet, bevor sie mit ihrem Verehrer zu einem nächtlichen

Spaziergang aufgebrochen war. Vermutlich, oder besser hoffentlich, lag sie jetzt irgendwo unter dem Nachthimmel am Strand und kam auf ihre Kosten. Wally wünschte es ihr aus vollem Herzen.

Sie hörte das Keuchen und Stöhnen bereits, als sie um die Ecke bog. Es war das erste Mal, daß sie so etwas in diesen heiligen Hallen vernahm, aber das Grinsen verging ihr sogleich wieder. Die Geräusche kamen unzweifelhaft aus ihrem eigenen Zimmer. Wally trat vor die Tür, unter der ein schwacher Lichtschein, wie von einer Kerze, hindurchflackerte. Rhythmisches Quietschen und lautes Schnaufen drang durch die Tür, gleich darauf folgte ein spitzer Schrei, der fraglos von Marion stammte. Eine ganze Weile stand Wally ratlos da, dann drehte sie sich um und ging durch die langen Flure zurück zu ihrem Liegestuhl. Er stand ebenso unberührt da, wie sie ihn verlassen hatte, und als Wally sich hineinlegte, mit dem Handtuch zudeckte und zum Himmel aufsah, hatte sie den Eindruck, daß der Mond und die Sterne hämisch zu ihr herablächelten.

Wally setzte ihre Tasche ab und streckte sich. Sie fühlte sich ausnehmend entspannt. Marion hatte auf dem ganzen Flug selig geschwiegen, und so war es Wally gelungen, einzuschlafen, ungerührt ob der provozierenden Blicke, die ihr die Rothaarige zuwarf. Wally hatte sich einfach nicht um sie geschert. Seit ihrem Erlebnis am Strand hatten sie kein Wort mehr miteinander gewechselt, und Wally war froh, daß das peinliche Erlebnis bald endgültig der Vergangenheit angehören würde. Sie drehte sich noch einmal um und betrachtete versonnen die Touristen, die in einer langen Reihe aus der Abfertigungshalle zogen.

Die Rothaarige kam geradewegs auf sie zu, den gnadenlos erbitterten Blick ihrer grünen Augen stur auf Wally gerichtet. Wally stand stocksteif. Hinter ihr tauschten Ruth und Marion immer noch Begrüßungsworte aus. Die Rothaarige kam näher. Wally preßte die Lippen zusammen. Im nächsten Moment war sie vor ihr und starrte sie durchdringend an. Sie verharrte nur für den Bruchteil einer Sekunde, und Wally spürte, wie sich etwas – ein Stückchen Papier – in ihre zusammengeballte Faust schob, dann war die Rothaarige vorbei. Mit hocherhobenem Kopf ging sie auf den Ausgang zu und verschwand zwischen den sanft auseinandergleitenden elektrischen Türen. Langsam steckte Wally den Zettel in ihre hintere Hosentasche, seufzte erleichtert aus und drehte sich um. Ruths Augen bohrten sich in ihre.

„Gib mir die Nummer“, sagte Ruth. Marion starrte höchst erstaunt von ihr zu Wally. Dann schien sie die Lage zu begreifen, und ein halb schadenfrohes, halb mitleidiges Lächeln zog über ihre Lippen.

„Welche Nummer?“

Ruth streckte die Hand aus. „Los, gib schon her.“

Wally wurde rot. „Es ist nicht das, was du denkst...“

„Doch“, sagte Ruth, „es ist haargenau das, was ich denke.“ Schweigend hielt sie Wally ihre Handfläche entgegen. Einen Moment lang maßen sie sich mit Blicken, dann zog Wally den Zettel aus ihrer Hosentasche und legte ihn auf Ruths Hand. Ohne hinzusehen, nahm Ruth das Papier, knüllte es zusammen und steckte es sich in den Mund. Sie kaute ein paarmal darauf herum, schluckte und zog die Augenbrauen hoch. „Willkommen zu Hause, Wally“, sagte sie trocken. „Na, einen tollen Urlaub gehabt?“

Wally grinste als erste.

Im kleinen Raum

Sie waren beide verlegen. Nicht nur sie selbst, auch Marie war verlegen. Susa sah es an der Haltung, die Marie eingenommen hatte, unsicher mit einer Schulter gegen den Rahmen der Tür gelehnt, stand sie da, einen Fuß leicht vorgeschoben, die Arme hilflos vor der Brust verschränkt. Ihr Mund war weich, die zart geschwungenen Lippen zitterten leicht. Fast war es ein Lächeln, aber nur fast. Susa legte die Hände auf den Rand des Bettkastens, an dem sie lehnte, spürte die beruhigende Kühle des Holzes und stieß sich leicht ab. Wenigstens standen sie jetzt beide, wenn auch zu dicht voreinander, der Raum war plötzlich zu klein geworden, zu eng für sie beide, viel zu eng für die Gefühle, die sich in ihnen dräuten und sich nach Weite sehnten.

Um Zeit zu schinden, schaute Susa sich um, aber es gab nicht viel zu sehen. Alles, was sie umgab, hatte sie bereits wahrgenommen, es hatte nur eines Blickes bedurft, jenes Blickes, den sie in das Zimmer geworfen hatte, als sie es betrat, ein paar Minuten war das erst her, sie waren hereingekommen, Susa vor Marie, sie hatte die Tür geöffnet, mit einem Blick die gepreßte Enge des Zimmers erfaßt, das Bett auf dem Podest, das Fenster dahinter, das Regal an der Seite, den Stuhl neben der Tür, auf dem Kleidungsstücke lagen, Kleidungsstücke, von denen sie einige wiedererkannte, sie hatte sie an Marie gesehen, die grüne Jacke, die geflickte Jeans, ein schwarzer Schal, dann hatte sie die drei Schritte von der Tür zum Podest überwunden und sich auf die Kante gesetzt, unschlüssig, ob sie sich wirklich hinaufsetzen oder nur daranlehnen sollte, und so war sie hockengeblieben, in einer unbequemen, leicht ungeschickt wirkenden Stellung, und die Verlegenheit war in ihr hochgekrochen, hatte sich an ihrer verkrampften Haltung emporgeschlichen bis in ihr Gesicht, worin Marie sie deutlich ablesen konnte, und es auch tat, denn ihre Augen spiegelten Susas Beklommenheit wider.

„Klein hier", sagte Marie. Sie lehnte sich ein Stück weit zurück, schob ihr Becken dabei vor, und als sei ihr die exponierte Stellung ihres Unterleibs plötzlich peinlich, machte sie die Bewegung sofort wieder rückgängig. Sie sah Susa an, als wäre sie eine vollkommen Fremde, eine unbekannte Person, die sich unerklärlicherweise mit ihr in diesem ihren Zimmer befand, und Susa erschrak noch einmal neu. Sie trat einen Schritt vor, auf Marie zu, aber die körperliche Nähe vergrößerte die Distanz zwischen ihnen nur noch mehr. Es war zu eng für sie beide, Susa fühlte sich eingesperrt, zusammengesperrt mit Marie, und wenngleich sie kurz vorher nichts sehnlicher gewünscht hatte, als mit Marie zusammen zu sein, in einem Bett zu liegen, in einem Zimmer, wo es still war und ruhig und nur Platz für eine Einsamkeit, die jene zwischen ihnen war, so machte ihr die Erfüllung ihres Wunsches auf einmal Angst. Das große Bett in ihrem Rücken, das den Raum zu drei Vierteln ausfüllte und dessen einzigen, offensichtlichen Zweck darstellte, das Bett war nicht mehr Ziel, sondern Zwang, in diesem Raum ließ sich nichts anderes tun, als ins Bett zu gehen, zu nichts anderem waren sie hier, zu nichts anderem war der Raum da, der Raum war das Bett, und da mußten sie jetzt hinein.

„Das Regal kommt noch anders", sagte Marie. Jetzt lächelte sie wirklich, ganz leicht, mit schwachen Lippen. Susa machte noch einen Schritt auf sie zu und legte vorsichtig einen Arm um Maries Hüfte. Sie brauchte diese Berührung, egal wo, Hauptsache, sie berührten sich. So nah an Marie, mußte sie ein wenig zu ihr aufsehen, und plötzlich machte es ihr etwas aus, daß sie kleiner war als Marie. Eingeschüchtert von der Verlegenheit zwischen ihnen, fühlte sie sich nicht nur klein, sondern gedrungen, kompakt, viel zu kräftig im Vergleich mit Maries schmalgliedriger Größe. Sie stützte sich mit einer Hand an der Wand ab, um den geringen Abstand zwischen ihren Körpern zu wahren, gerne hätte sie sich an Marie geschmiegt, ganz an sie heran, um von der Wärme ihres Körpers eingehüllt zu werden, wenn sie sie nur umarmen würde, wenn sie sie nur an sich ziehen würde, aber sie traute sich nicht näher heran, und wegbleiben wollte sie auch nicht. Marie stand steif, ihr Atem wehte an Susas Haar, und Susa wußte, Maries Augen hatten ihre Hand im Blick, die sich an der Wand abstützte, diese gedrungene Hand, viel zu gedrungen im Vergleich mit Maries schmalen, langen Fingern, sahen sie nicht aus wie Wurstfinger, ihre Hände, würde Marie sie nicht plump finden, und auf einmal waren sie es auch, Susa wußte es, ihre Finger waren plump und ungeschlacht, und Marie sah das und erkannte diese Finger als Fortsetzung, als äußere Ränder ihres plumpen, ungeschlachten Körpers, sie sah die

Finger und dachte daran, daß diese Finger sie gleich anfassen würden, und vielleicht ekelte sie sich gar und empfand Widerwillen, wer war diese Frau mit diesen plumpen Fingern, was tat sie in ihrem Zimmer, wie war sie hierher gekommen, was wollte sie überhaupt, was machte sie hier, wie war das alles nur gekommen.

Dann senkte Marie langsam den Kopf und legte ihn in Susas Halsbeuge, und nach einem Moment schlang sie ihre Arme um Susa und atmete aus, und Susa nahm ihre Hand von der Wand und strich Marie über den Rücken, wohl wissend, daß die Verlegenheit nicht vorbei war, nur akzeptiert, und das war schon viel.

„Es ist komisch auf einmal", sagte Marie, „ich fühle mich ganz steif." Sie atmete in Susas Haar, und Susa fühlte sich schwach und schwindlig. Sie spürte, wie es in ihrem Schoß zog, verwundert bemerkte sie die Lust, die noch da war, die ganze Zeit war sie da, nicht fortgegangen, sie hatte sie hergeführt, und nun wartete sie, ängstlich horchend, da unten. Sie hatte geglaubt, sie sei fort.

Doch sie war da, die Lust, bei ihr war sie da, und bei Marie? Angst stieg in ihr hoch, sie dämpfte sie ab, schnell drückte sie Marie fester an sich und atmete aus. Dann hob sie den Blick. „Das Bett ist so hoch", sagte sie und hörte eine zweite Stimme dahinter: Das Bett ist so groß. Wie eine Falle, die zuschnappt, wenn wir hineingehen. Wie ein weit aufgesperrter Rachen, der uns verschlingen wird. Oder mich zumindest.

Du hast Angst zu versagen, dachte sie, aber sie wußte, daß es das nicht war. Sie hatte Angst, nicht gewollt zu werden. Von Marie. Weil sie Marie so wollte.

Maries Augen waren ganz hell. „Ich weiß nicht, wie wir da hineinkommen sollen", sagte sie, und Susa wurde ruhig. Vielleicht war es nur das, sie mußten nur hineinkommen, und dann würde es gehen. Federn waren gnädig. Weich. Würden sie bedecken. Wärmen. Verstecken.

„Laß uns uns doch schon mal drauflegen", sagte sie und löste sich von Marie. Einen Moment fürchtete sie, Marie würde ihr nicht zustimmen, aber Marie folgte ihr. Gleichzeitig zogen sie sich auf das Podest hoch und robbten vorwärts. Dann lagen sie, halb aufgestützt, nebeneinander, und Susa streckte die Hand aus. Maries Augen verengten sich. „Was ist das jetzt?“ fragte sie. Sie lag starr, unbeweglich, und Susa spürte ihr Herz pochen, ihres und Maries.

„Das kommt vielleicht, wenn man sich mag“, sagte Susa.

Maries Augen waren nah. „Was?“

„Wenn man sich mag.“

„Aber es war nie so vorher mit uns.“ Endlich nahm sie Susas Hand. „Und ich wollte nicht, daß es so wird.“

„Sowas passiert vielleicht, wenn man sich mag“, wiederholte Susa. Sie war froh, daß Marie sie berührte, sie konnte nur sprechen, weil sie den Kontakt nicht verloren, sie hatte nicht vorgehabt, das auszusprechen, doch jetzt kamen die Worte, stießen wie Messer in die Wand aus trübem Stoff zwischen ihnen. Nicht zuviel und nicht zuwenig. Marie streckte sich, rutschte näher, an Susa heran.

Ihre Augen fragten etwas. „Küß mich einfach“, sagte Susa leise, ohne Ahnung, ob das gut war. Die Luft zwischen ihnen war schwer, und doch fragil, konnte jederzeit brechen, und dann würden auch sie brechen, einbrechen oder auseinanderbrechen. Marie küßte sie.

Ihre Haut war ganz nah und weich, feine Härchen darauf leuchteten schwach im Licht der Kerze. Susa lauschte auf ihren Atem, tastete langsam nach ihrem Hals. Keine Bewegung zuviel, lieber weniger, eine Geste würde die Nähe sprengen, eine falsche, aber welche, welche war es, welche war falsch? Susa suchte, aber sie fand sie nicht. Die, die sie fand, waren richtig. Marie kam dicht, die Augen geschlossen. Susa sah. Ihre Kehle war eng, so eng wie der Raum, aber Platz genug für ein Seufzen, und Marie hörte. Susa schob ihre Hand unter Maries Hemd, samtweich, hell straffte sie sich ihr entgegen, Maries Haut, sie hätte auch hart sein können und ledrig, es war Marie. Ihre Schönheit ein zusätzliches Geschenk, auf das es nicht ankam.

Maries Finger berührten Susa, jede Bewegung ein Schauer auf Susas Seele. Bloß, ausgebreitet, lag sie und sehnte sich. Hoffte, daß Marie es nicht merkte. Wenn Marie sie berührte, erinnerte sie sich. An früher, als sie noch so jung war, wie es war, diese ersten Küsse, Zärtlichkeiten, das Gefühl, nackte Haut mit dem Aufschein der ersten Liebe zu spüren, erstaunt, daß es sowas gab, daß das ging, und wie es kam, und jetzt, mit Marie, war das Erstaunen wie Dankbarkeit. Daß es das noch gab, und noch mehr, sie war jetzt Frau, und es gab es immer noch, oder wieder, und Lust dazu. Berührungen waren nicht unschuldig, sondern reif, gesetzt durch Erfahrung, tausend Mal Lust, Dutzende Körper, und dann, auf einmal, jetzt wieder, dieses Staunen. Dies war kostbar. Kostbar.

Marie zögerte. Sie schlug die Augen auf. Sie wußte nicht weiter. Ihr Atem ging schnell. „Zieh mich aus", bat Susa. Marie schüttelte den Kopf. Susa öffnete selbst ihr Hemd. Marie sah ihr zu, die Hände still. Dann kam sie heran, und Susa spürte ihr Fürchten, auch als sie ihr Bein zwischen Maries schob und Marie sich dagegenpreßte, schweigend, verhaltenes Beben. Und selbst, als sie anfingen, sich zu bewegen, langsam zusammen, war immer noch diese Verlegenheit da. Sie war nicht fortzuküssen, nicht wegzupusten, sie war da, weil sie sich mochten. Und Susa machte die Arme auf und empfing sie, lud sie ein, komm, dachte sie, komm mit uns, ich habe dich gern, weil ich Marie so sehr mag. „Weil ich dich mag", sagte sie in Maries hübsches Ohr, das rot wurde vom Hören, sie küßte die Worte in ihren Nacken, „weil ich dich mag", sagte sie, „küß mich", und Marie küßte sie, und Susa sagte noch mehr, immer mehr, sie sprach zu Marie, und die Worte waren ein Band, das sie hielt, alle beide, ein Band über der Angst, den Kontakt zu verlieren. Und so ging es ganz leicht. Susa sprach flach zu Marie, denn Marie brauchte mehr als Berührung, und Susa brauchte ihr Ohr. Und die Worte waren die Leiter von einer zur anderen.

Sowas passiert vielleicht, wenn man sich mag. Oder weil man sich mag.

Was Hedda ist

Es war der Tag, an dem es geschehen würde, Hedda wußte es, sie wußte es genau. Sie sah auf ihre Füße hinunter, die in zierlichen, rotbraunen Schnürschuhen steckten, Schnürschuhe von der Art, wie sie Karrierefrauen tragen, um die zu groß geratene Masse ihrer Gestalt zu kaschieren, zu minimieren durch den zart auslaufenden Bogen, mit dem der Blick des Betrachters unauffällig gelenkt wird: vom energischen Gesicht entlang der ordentlichen und adretten, dabei bequemen Kleidung hinunter zu den zierlichen Schuhen. Sind die Schuhe wider Erwarten zierlich, so wird etwas im Betrachter gebremst, vielleicht Ablehnung, vielleicht Widerwille, vielleicht Kampfbereitschaft. Zierliche Schuhe, das wußte auch Hedda, sind eine Methode, den Gegenüber dazu zu bringen, die große Frau, die vor ihm steht, zu unterschätzen.

Hedda war nicht groß. Sie war eher klein. Aber alle unterschätzten sie dennoch: Weil sie Hedda als Frau sahen. Deswegen trug Hedda zierliche Schuhe. Zum Hohn. Und auch, um sich zu verstecken.

Sie legte den Stift weg und schob die Akten zu einem ordentlichen Stapel zusammen. Die untergehende Sonne leuchtete schwach in das Großraumbüro hinein und warf einen milden Glanz auf die verwaisten Schreibtische mit den ausgeschalteten PC-Monitoren darauf. Die dunklen Mattscheiben starrten Hedda an wie graue Köpfe, von denen die Gesichter gewischt worden waren. Hedda starrte zurück. Ich kann euch nichts ansehen, dachte sie, und ihr könnt mir auch nichts ansehen. Dann tauchte das Gesicht einer Frau vor ihrem inneren Auge auf, und Heddas Magen hob und senkte sich wieder. Olgas Augen waren blau und sehr weich, und ihr Mund war noch weicher. Heute, dachte Hedda, heute ist der Tag. Sie stand auf und streckte sich. Drei Tische weiter drehte sich eine gebückte Gestalt zu ihr herum. Forzner hob die Schultern, rieb seine müden Augen und nickte Hedda zu. „Schönes Wochenende, Frau Baumann."

„Ihnen auch". Heddas Lippen kräuselten sich und wurden schmal, und für Sekunden schoß Neid in ihr hoch, Neid auf ihn, diesen mageren Knilch, auf seinen Körper, sein Sein, die Art, wie er dasaß und er war, und dann ging Hedda, denn dies war ihr Tag.

Wenn Hedda geht, wenn sie läuft, durch die Straßen, ist sie das, was sie ist, frei und losgelöst, sie ist sie. Niemand, weiß Hedda, erkennt sie, sie bleibt unsichtbar, kostümiert, eingereiht in die Parade der falschen Läufer. Nicht, daß sie eine Vorstellung hat, was sie ist, ihr selbst bleibt es verborgen, es ruht in ihr wie ein Schatz, der Gefahr birgt. Keiner entdeckt sie, weil sie selbst es nicht wagt.

Doch wenn sie geht, läuft, durch die Straßen, läßt sie los, das, was sich in ihrem Innern versteckt, es schwingt sich in ihr auf, macht sich breit, schwemmt über ihre Konturen hinaus. Sie läuft schnell, mit großen Schritten, hart in den Hüften, setzt auf, überholt, geht vorbei. Ihre Hände sind Pranken, fest und sicher greifen sie den Bügel der Tasche, ihre Schultern sind stark, und ihr Hals muskulös.

Sie läuft Stunden umher, stundenlang ohne Hast. Sie geht durchs Leben, anders als sonst, sie geht, unbeeindruckt von allem, was sie sonst hält. Sie geht fort von der Arbeit, der Wohnung, der Küche, sie geht fort von den Kleidern, den zierlichen Schuhen, läßt hinter sich die Verschlossenheit, die Freundinnen, die sie nicht hat, die Kumpels, die ihr immerzu fehlen. Nicht reden, wie sie reden möchte, nie in dieser dunklen Tonlage, mit der sie in ihren Träumen spricht, niemals an der Ecke stehen und breitbeinig in einen Busch pissen, nie den letzten Tropfen abschütteln, mit einer stoßenden Bewegung, die Arschbacken zusammengepreßt, nie die Hose zuknöpfen und nochmal nachrücken. Nicht den Frauen hinterherpfeifen und mit grober Faust auf den Tisch schlagen, lachend, beifälliges Grinsen der anderen als Zustimmung. Heddas Leben ist das schüchterne Lächeln, wenn jemand sie tief ansieht, und das Drehen des Kopfes und Niedersehen, und das Bis-Zehn-Zählen, wenn die Wut sie überkommt. Wenn Hedda geht, geht sie fort aus all dem, geht in ihre Einsamkeit, die sie nur vage kennt, und die irgendwie anders ist. In der sie sich selbst fühlt. Und ganz. Endlich ganz.

Olga öffnete die Tür und grinste breit. „Hi, Baby“, sagte sie und trat zurück. Hedda kam herein. Die Wohnung war warm, klein und gemütlich, obwohl oder gerade weil kaum Möbel darin waren. Hedda legte ihre Jacke auf den Stuhl in der Küche und schaute sich um. Sie mochte diese Wohnung, es waren Räume, die Olgas Stempel trugen. Ein Regal, wackelig zusammengeschraubt und doch stabil, ein paar Töpfe, eine Espressomaschine. Ein blaugestrichener Tisch, auf dem Zettel lagen, Bücher, ein Füller. Ein altmodisches zerkratztes Radio auf dem Fußboden, das hustende Töne von sich gab.

Olga nahm eine Flasche Bier aus dem Kühlschrank und goß zwei Gläser voll. „Komm", sagte sie und winkte Hedda. Ihr Blick war so dunkel wie ihre Haare.

Im Zimmer nebenan stand ein metallenes Gerüst an der Wand, das Hedda noch nie gesehen hatte. Sie stellte sich davor. „Was ist das?" Olga sah vom Sofa zu ihr auf. „Eins meiner Objekte. Gefällt's dir?" Hedda zuckte die Schultern. Sie verstand nichts von Kunst. Sie interessierte sich nicht dafür, sowenig, wie sie sich für Kinder oder Briefmarken interessierte. Außerdem war sie nicht hier, um abstrakte Objekte zu bewundern. Dafür war sie nicht hier. Sie drehte sich um und musterte Olga. Olga wußte es auch. Sie sah immer noch zu Hedda hoch, mit wachsamen Augen, unter halbgeschlossenen Lidern hindurch. Ihr Mund war ein grimmiges Lächeln. „Komm runter zu mir", sagte sie hart.

Hedda ist vorsichtig, und äußerst gespannt. Sie geht um den Tisch herum und langsam neben Olga in die Hocke. Olga sieht sie an. Hedda paßt auf. Heute wird es geschehen, und sie muß sehen, daß sie es geschickt macht. Zweimal ist ihr passiert, daß sie es falsch angefangen hat. Oder es waren nicht die Richtigen. Sie wollten nicht, fanden es komisch, merkwürdig, seltsam, was soll das, Hedda, das ist doch irgendwie blöd, ich mach' das nicht, das macht mich nicht an. Und Hedda hatte sich abgeseilt.

Hedda hat nie Mangel an Frauen gehabt, sie sieht gut aus, und sie findet immer eine. Für kurze Zeit. Aber Hedda will auch nie länger. Frauen sind immer gefährlich, sie spüren viel, und Hedda will nicht, daß sie zuviel spüren. Hedda will sich nicht zeigen, weil es nichts zu zeigen gibt. Das, was sie ist, ist sie für sich allein. Die meisten waren feminine Frauen, die sich von Heddas burschikoser Art angezogen fühlten. Am liebsten hat Hedda heterosexuelle Frauen, für sie ist es ein Abenteuer, sie denken mehr an sich, wollen spüren, wie es ist, von einer Frau angefaßt zu werden, den Unterschied wollen sie spüren, sie lassen machen, um zu spüren, und machen weniger selbst. Hedda ist immer durchgekommen damit.

Sie ist dreißig, und sie ist unberührt. Nie war eine Frau in ihr drin, einmal im Arsch, das war gut, Hedda hat es genossen, es war ein gutes, sattes Gefühl, aber nie war eine Frau wirklich in ihr drin. Das geht auch gar nicht, Hedda weiß es, das geht nicht, weil es nichts gibt, wo eine Frau hineinkönnte, wo irgendwer hineinkönnte, sicher, da ist etwas, Hedda hat hingefühlt, aber sie hat erkannt, das es falsch ist, ein Fehler, eigentlich gehört das nicht so und es ist Zufall, mehr nicht, man soll es gar nicht beachten. Hedda weiß, was sie wirklich braucht, und die meisten hat sie rumgekriegt, in geduldiger, mühsamer Arbeit, zielstrebig, und dann hat sie es immer geschafft, bis auf zweimal, aber das zählt nicht, denn heute wird es wieder geschehen, und heute wird es besonders gut werden, denn Olga ist anders.

Hedda kennt Olga seit fast drei Monaten, eine lange Zeit. Zuerst hat Olga Hedda gar nicht gefallen, sie ist eigentlich nicht ihr Typ, sie ist zu forsch, zu frech, zu selbstbewußt. Aber Olga hat Hedda nicht in Ruhe gelassen, nicht nur, daß sie sie einfach angesprochen hat, in dieser Bar, nein, sie verlangte Heddas Nummer, Hedda hat sich einfach überrumpeln lassen, normalerweise ist sie es, die nach Telefonnummern fragt, diesmal war es anders, und das verblüffte Hedda so, daß sie Olgas Aufforderung einfach Folge leistete. Und Olga rief an, gleich am nächsten Tag. Und schlug einen Treffpunkt vor. Und Hedda ging hin. Olga sagte: „Ich will mit dir ins Bett." Und Hedda ging mit. Zuerst kamen sie nicht zurecht, Hedda wußte nicht, wie sie Olga abwehren sollte, ihre neugierigen Hände, sie ließ sie verwirrt gewähren und dann hielt sie sie einfach fest. Da war dieser Moment, in dem Olgas Augen aufblitzten und Hedda etwas darin sah, was ihr gefiel. Ich bin zwar forsch, sagten Olgas Augen, aber wenn du Glück hast, lege ich mich trotzdem auf den Rücken. Was sie auch schließlich tat.

Seitdem kämpfen sie miteinander, genüßlich, voller Elan, und Hedda gewinnt immer. Sie genießt Olgas Auflehnung, auch, weil etwas Wahres darin ist und nicht nur Spiel, Hedda weiß, das ist gefährlich, aber dennoch, es klappt gut, und langsam hat sie Olga soweit. Heute. Heute wird Olga das tun, was Hedda so sehr ersehnt. Olga weiß noch nicht, was, aber sie wird es tun. Weil Hedda so geschickt ist. Es wird gutgehen, Hedda weiß das. Wenn sie eins kann, dann das. Sie kann das. Schließlich ist sie wer.

Sie trinken ihr Bier nicht auf. Bevor Olga ihre zweite Zigarette anzünden kann, legt Hedda die Hand auf ihren Arm, zwingt sie, die Zigarette abzulegen, zieht sie an sich heran und drückt sie zu Boden. Um Olgas Mund ist ein Grinsen, sie hält die Augen weit geöffnet und sieht Hedda ins Gesicht. „Hedda, du Drecksau", flüstert sie leise, und Hedda preßt ihr die Hand auf den Mund. Das zweite will sie hören, das erste nicht. Sie läßt ihre Hand gleich da, wo sie ist, drückt Olgas Kopf noch fester auf den Boden und schiebt mit der anderen ihr Hemd hoch. Olgas Brüste sind klein und fest und haben große, dunkle Nippel, die jetzt steil aufragen, hin zu Heddas Mund, und wie von Schnüren gezogen senkt sich Heddas Kopf hinunter, ihre Lippen umschließen den rechten der beiden Nippel, gut fühlt sich das an, frisch, steif und doch weich, Hedda wird heiß, sie liebt diese Brüste, diesen Körper, diesen Körper unter ihr, der dem ihren so ähnelt, aber nur scheinbar, Olgas Körper ist rundum weiblich und richtig und das, genau das, was Hedda haben will und selber nicht ist.

Vertraut sind sie, so vertraut miteinander, daß alles wie von selbst geht, ohne daß eine der beiden nachhelfen muß. Olga lacht auf, ein ersticktes, hastiges Lachen, als Hedda sich auf sie legt, ohne Stocken zieht Olga Hedda dichter an sich heran, schlingt ihre Arme um Heddas Schultern, Hedda spürt, wie Olga sich unter ihr aufbäumt, ihre Hüften hebt, mühevoll unter der Last, gierig stemmt Olga die Beine auseinander, greift nach Heddas Arsch, zerrt an den Taschen ihrer Jeans. Hedda gräbt ihr Gesicht in Olgas Hals, süß riecht es, und herb, und schon jetzt perlt feiner Schweiß von der weichen Haut. Hitze strömt durch Heddas Unterleib, sie mag das, diesen Moment ganz zu Anfang, wenn ihre Muskeln sich spannen, wenn ein Schauer über ihren Rücken läuft und ihre Schultern sich zu dehnen scheinen. Fest preßt sie Olga zu Boden, fest, steif wird sie, hart, und das glucksende Geräusch, mit dem Olga nach Luft schnappt, klingt wie die ersten Takte einer dramatischen Symphonie in Heddas Ohren. Hedda schließt die Augen, jetzt ist sie blind, und blind will sie sein, blind vor Begierde, nur Fühlen und Tasten und Stoßen will sie sein. „Komm schon", flüstert Olga drängend, sie krallt ihre Finger in Heddas Arsch, „komm schon", „halt's Maul", zischt Hedda und drückt fester zu. Dann schwingt sie sich hoch, elastisch und geschmeidig, hart klatschen ihre

Handflächen zu beiden Seiten von Olgas gerötetem Gesicht auf den Boden, einen Moment lang ist alles still, dann fährt Heddas Hand nach unten, blitzschnell zu Olgas Gürtel, zieht ihn auf, reißt Knöpfe auf, gräbt sich hinein, hinein zwischen Stoff und feuchte Haut, weiter, weiter nach unten, durch lockiges Haar, zwischen heiße Falten, Heddas Finger sind weich und schnell, Olga stöhnt auf, sie ist naß, Hedda spürt, wie sie wartet, flink dreht Hedda die Hand, gleitet weiter, tiefer und hinein. Dann ist alles rot, und schwitzig und feucht, die Welt ist weit, nur dort nicht, wo sie eng sein muß und fest, und das ist es, das ist es, alles bewegt sich, Hedda, Olga, zwei Körper, ein Daumen, der seinen Weg findet.

Hedda ist leicht zumute, ganz leicht, es gibt einen Teil ihres Wesens, der sich bereitmacht, sie kennt das, es ist berauschend und vage, sie kennt keine Worte dafür. Von Zeit zu Zeit öffnet sie die Augen, dann ist Olga unter ihr, liegt da und zuckt, hockt vor ihr, vornübergebeugt, der Arsch eine weiche Wölbung, zwischen der Heddas Hand verschwindet. Brüste vor Heddas Augen, schweißnasse Haut auf ihrer Zunge. Bewegung.

Und dann greift Olga nach Heddas Leib, kniet vor ihr, „Hedda“, bittet sie, „laß mich“, sie streckt ihre Hand aus, Heddas Hemd ist weit geöffnet, Hedda sieht hin, sieht ihren Bauch, straff und fest, die offene Hose, Olgas Finger, die hineinfassen wollen. „Nein.“

Zitternd hocken sie voreinander. Es ist soweit. Hedda packt Olgas Kopf, zieht ihn herunter. Fragend sieht Olga hoch. „Ich will“, sagt Hedda, und ihre Stimme zittert leicht, „daß du was machst für mich.“ Und Hedda schiebt ihre eigene Hand in ihre Hose, ballt sie zur Faust, und dann streckt sie den Daumen hoch. Hell und hart ragt er aus der Hose heraus, steif und wartend. Olga zögert. Hedda schweigt. Dies ist der Moment, Hedda weiß es, sie weiß es genau, dies ist der Moment, und Olga weiß es auch. „Okay“, sagt sie leise, und als sie den Kopf senkt und Heddas Daumen in den Mund nimmt und ihre Zunge sanft um die Kuppe kreist und als sie anfängt zu saugen und zu lecken, als es wahr wird, legt Hedda den Kopf zurück und spürt, wie sie ganz wird. Sie ist ganz, der Daumen kein Daumen mehr, die Hand keine Hand, sie wachsen zusammen, zu dem, was Hedda fehlt.

Ihr Schwanz zittert, als Olgas Zunge sanft am Schaft hinuntergleitet, schwer strömt das Blut in die Eichel, Hedda keucht, sie will noch nicht, sie will noch warten, sie greift in Olgas Haar und zieht ihren Kopf nieder, tief in Olgas Mund stößt sie, langsam, und schneller, ihr Schwanz pocht, es glüht, in Heddas Mitte glüht es, sie stößt wieder und kann nicht mehr halten, rot ist die Luft, rot ist ihr Schwanz, rot Olgas Lippen, ein Meer schlägt Wellen und staut sich, und dann, dann bricht ein Damm und Hedda schreit auf und wie eine Fontäne sprudelt ihr Samen in Olgas Mund.

Hedda, noch bebend, öffnet die Augen. Olga schaut zu ihr auf. Hedda versucht ein Lächeln, schnell zieht sie die Hand aus der Hose, sieht weg, schnell weiter, irgendwas tun, Olga darf nichts fragen, Schweigen, schweigen will Hedda, aber Olga spricht. „Hedda“, sagt sie, und ihr Ton trägt Panik in Heddas Herz, „Hedda, was bist du? Das? Bist du das?“ „Nein“, sagt Hedda, aber sie weiß, daß Olga weiß. Sie weiß, was Hedda ist. Sie weiß, daß Hedda nicht Hedda ist.

Es war der Tag, nachdem es geschehen war, und alles war anders, Hedda wußte es, sie wußte es genau, und das Wissen machte sie schwach. Hedda legte ihre Aktentasche auf den Tisch und setzte sich hin. Die ersten Strahlen der aufgehenden Sonne drangen durch die großen Fenster in den Raum und tauchten die noch nicht besetzten Schreibtische in ein hartes Licht. Hedda faltete die Hände über der Tasche und sah an sich hinunter. Falsch, dachte sie, falsch, alles falsch. Sie hatten nicht mehr darüber geredet. Hedda war gegangen, und als sie die Tür hinter sich ins Schloß fallen ließ, wußte sie, daß sie nie wiederkommen würde. Hedda war nicht Hedda, aber sie mußte Hedda sein. Etwas war ans Licht gekommen, in Olgas Augen hatte Hedda sich gesehen, erkannt, was sie war. Nein, nein, nein, dachte Hedda, nein...

Forzner kam herein und nickte ihr zu. „Morgen, Frau Baumann.“ Hedda nickte zurück. Sie war müde. Sie senkte den Kopf und sah an sich hinunter, bis hin zu den zierlichen Schuhen. Dann hörte sie auf zu denken. Sie würde immer, sie würde immer zierliche Schuhe tragen.